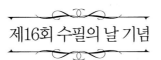

제16회 수필의 날 기념

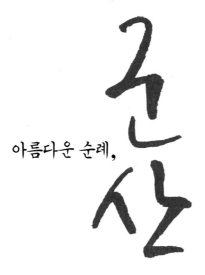

아름다운 순례, 큰산

유혜자, 정목일, 지연희 외 지음

초판 발행 2016년 7월 25일
지은이 유혜자,정목일,지연희 외
펴낸이 안창현 **펴낸곳** 코드미디어
북 디자인 Micky Ahn **교정 교열** 백이랑

등록 2001년 3월 7일
등록번호 제 25100-2001-5호
주소 서울시 은평구 갈현1동 419-19 1층
전화 02-6326-1402 **팩스** 02-388-1302
전자우편 codmedia@codmedia.com

ISBN 979-11-86104-38-5 03810

정가 12,000원

도서에 사용된 이미지는 군산시청에 사용 허가를 받아서 사
용하였습니다.

제16회 수필의 날 기념

아름다운 순례,

군산

유혜자, 정목일, 지연희 외 지음

gallery

새만금과 고군산군도 설경

고군산 군도

새만금 유채꽃

선유도

새만금 방조제

gallery

비응항 일몰

수송동 일몰

시간여행축제 불꽃쇼

예술의 전당 바닥분수 야경

예술의 전당

채만식 문학관

gallery

은파 벚꽃

근대역사박물관

옥산 오토캠핑장

새만금 국제 마라톤 대회

꽁당보리축제

청암산 억새

아름다운 순례, 군산

한국문인협회 수필분과회장
지 연 희

4월 말 군산의 햇살은 따뜻했다. 그리고 맑았다. 화사하게 피어난 봄꽃들의 눈인
사는 수줍은 소녀의 마음처럼 순박했다. 하나둘 시야에 머무는 골목길이나 낮은 건
물들은 먼 시간 저편 어린 시절의 추억 속으로 침잠하게 하는 통로였다. 그만큼 군산
시는 총체적인 근대문화 집산지로 과거로의 회귀를 꿈꾸는 동화 속의 시간에 머물
게 하지 않았나 싶다. 제16회 수필의 날 1박 2일은 어느 도심에서 느끼지 못한 순수
의 바람 속에 머물다 왔다는 생각이다. 갯내음 가득한 선착장으로부터 섬과 섬으로
이어지던 자연의 아름다움과 근대 문화유적의 순례는 신비로웠다.

지식문화 창출이야말로 미래문화의 핵심적 콘텐츠라고 한다. 그만큼 인문학에
대한 관심과 기대는 문학으로부터 시작되며 이미 세계화의 경쟁력은 문학예술을 기
반으로 전쟁을 치르고 있다. 1박 2일의 이야기를 주옥같은 수필 문학으로 담아주신
회원 여러분께 감사드린다. 전국 각 지역을 대표하는 근 450여 명에 가까운 대한민
국 자랑스러운 수필가들의 군산 문학기행은 채만식, 고은, 문효치라는 거목의 소설

가 시인의 문학적 흔적으로 가슴 깊이 취할 수 있었다. 또한 격동의 역사 속에서 시대적 아픔을 느끼고 자연의 아름다움에 마음을 내려놓을 수 있었던 시간이다.

2016년 제16회 전국수필의 날을 성공적으로 치를 수 있도록 후원해 주신 전라북도와 군산시, 문동신 시장님께 감사드린다. 혼신으로 투신하여 훌륭한 후원을 아끼지 않은 한국문인협회 군산지부 회원님들과 김철규 지부장님께 감사드린다. 물론 이 수필의 날을 성공적으로 치르기 위해 보이지 않는 곳에서 수고해 주신 담당 부서의 모든 분들께 감사드린다. 여러분들의 관심과 배려로 한국수필의 문학적 성장을 꿈꿀 수 있었던 1박 2일의 아름다운 순례였음을 잊지 못한다.

수필집 발간에 즈음하여

군산시장 **문 동 신**

작가의 정신으로 언제나 글을 쓰고, 어디서나 새로운 꿈을 꾸는 수필가 여러분, 반갑습니다. 지난 한국수필가대회에 참가하신 여러분들이 우리 고장에 관해 쓰신 글을 한데 모아 책으로 엮어 발간한다 하니 참으로 반가운 마음입니다. 작가 여러분들의 정념이 담긴 최고의 글이 군산의 아름다움과 만나 오래도록 남을 수 있어 자랑스럽습니다. 한국문인협회 수필분과 전국대회와 그 결실인 작품집이 지역 문학 발전에도 큰 자극이 되어 우리 군산의 수필 문학 또한 더더욱 발전하리라 확신합니다.

　　작가 여러분. 누구나 공감하고 있듯이 새로운 시대는 지식문화의 무한경쟁시대입니다. 우리는 하루가 다르게 빠른 속도로 변화하는 문화예술 환경에 공감하고 있습니다. 또한 일상생활 가운데 긴밀한 관계를 가지면서 지역 문화 자원이 될 수 있는 긍정적인 변화를 기대합니다. 특히, 문학이 주체가 되는 지속가능 콘텐츠 전반에 걸친 미래상을 공유함으로써 문화혁신을 유도할 수 있는 공감대를 형성하고, 그 실행을 위한 전략을 고민하는 데 도움이 되리라 기대합니다.

　　이번 작품집이 다양한 방식으로 작가 개개인이 지닌 상상력과 잠재력을 통하여 우리 군산이 즐겁고 유쾌한 체험의 장소가 되고, 고유한 개성이 드러나 풍요로운 문화 환경을 창출할 수 있는 관심거리가 되기에 충분하리라 생각합니다. 끝으로 군산을 찾아주신 수필가 여러분들께 다시 찾아주실 것을 청하며, 문학을 사랑하는 작가님들의 앞날에 문운이 더욱 크게 열리길 기원합니다.

　　지난 군산에 계신 일정동안 아름다운 시간과 함께 한 많은 일들이 소중하게 기억되기를 기원합니다.

　　감사합니다.

Contents

Contents

– 수필문학 세미나 –

제16회 수필의 날 기념

아름다운 순례, 군산

다시 피는 꽃 곽영호

    화창한 4월 그믐, 군산에서 진행되는 수필의 날 행사에 따라갔다. 입하의 계절, 꽃보다 예쁘다는 연둣빛 이파리에 눈이 시리다. 영산홍 붉은 함성은 늦봄의 아쉬움일까. 초여름의 환호성일까. 군산은 몇 번 다녀갔지만 질펀하게 앉아보지는 못 했다. 선유도는 신비스러운 섬일 것 같은 호기심에 찾아가 봤다. 개발이 되지 않아 너무나 조용하고 심심해 섭섭하기도 했지만, 한편으로는 그래 이것이 본래의 자연이지 하고 위안을 받기도 했다. 오래전 일이다. 새만금 물막이 공사가 옳다, 그르다 아우성치고 공사가 중단되어 붉은 깃발이 온통 뒤덮일 때 내가 뭔 참견이라고 비포장 둑길을 홀쩍 다녀간 적도 있다. 왔소, 갔소만 하였지 얻은 것이 없어 언젠가는 찬찬히 훑어보고 싶었다,

    군산은 어깨를 맞대고 있는 마량포구와 함께 동백 숲을 이룰 수 있는 따뜻한 겨울 날씨의 마지막 위도다. 금강이 기온의 차이를 금으로 긋고 지나간

끄트머리가 군산이다. 판판한 평야 지대 한복판에 쪽박 엎어 놓은 것처럼 월명산이 야트막하면서도 볼록하다. 불빛 없던 옛날, 얼마나 달빛이 밝았으면 달 밝은 산, 월명산이라 이름을 지었을까. 월명산 자락에 윤기 흐르는 동백 잎은 멀리 해안에서도 보인다. 가을에 피면 추 동백이고 겨울에 피면 동백이다. 동백꽃은 두 번 피는 꽃이다. 나무에서 한 번 피고 꽃송이가 송두리째 땅바닥에 떨어지면 흙 꽃으로 다시 피는 꽃이다. 떨어진 꽃이 더 붉고 오래간다. 군산도 동백꽃처럼 다시 피어나는 도시다.

군산을 찾은 사람들은 제일 먼저 근대역사박물관을 찾는다. 군산항은 조차지였다. 일본에 영토를 내어주어 일본통치 아래 들어간 속지이다. 인류 역사에 슬픈 사건이 몇 가지 있다. 첩첩산중 스위스 국민이 먹고살기가 힘들어 가족만이라도 먹여 살리려고 몇 푼의 돈을 받고 팔려가 로마를 지킨 용병과 군산 같은 조차지 백성이다. 용병은 목숨과 바꾸는 것이고 조차지 백성은 굴종이다. 스위스도 그때를 잊지 않으려고 도처에 예술작품을 만들어 정신을 승화시키고, 군산도 일제가 호남의 쌀을 수탈해간 흔적을 오롯이 보존하고 있다. 쌀을 저장한 마을이란 뜻으로 항구가 있는 동네 이름이 장미藏米동이었다. 타임머신을 타고 1930년대 일본을 볼 수 있는 야외박물관에 온 것 같다.

가장 눈에 띄는 것이 부잔교浮棧橋다. 돌이 뜨면 부석浮石이고 다리가 뜨면 부교浮橋일진데 부잔교는 밀물과 썰물이 수면의 높이가 바뀜에 따라 함께 오르내리면서도 한쪽이 결박되어 있으므로 잔교, 즉 뜬 다리로 이름 붙인 일본인의 얄미움이 엿보인다. 조수간만의 차가 심한 지역이라 세계에서 유일한 다리일 것이다. 그것도 일본인만이 생각해 낼 수 있는 간능스러움이다. 항구 내의 건물의 배치며 교통 도로망 무얼 봐도 일본인 특유에 간악함이 한눈에 보인다. 뜬 다리 마당 가운데로 협궤열차 좁은 레일을 보았다. 어디로 연결되고 어떻게 쓰였는지는 알 수 없으나 나의 눈에는 동심의 나래가 펴진다. 소래 포구에서 생산 된 소금을 실어 나르던 수인선이 마을 앞을 지나던 기찻길은 나의 놀이터였다. 군산에 와서 잠시나마 동심을 회상하고 간다.

군산 항구는 소설가 채만식 선생이 소설 「탁류」에서 서천, 땅 부자 정 주사가 미두를 하다가 쫄딱 망해 주인공을 물에 빠뜨려 자살을 시킨 곳이기도 하다. 미두는 지금의 증권 거래 전신이다. 매점매석 쌀 거래를 증서로만 거래 하는 악랄한 일본인 수법에 걸려 어리석은 시골양반이 속아 넘어갔다. 작가는 시대의 혼탁함을 흙탕물 탁류에 빠뜨리고 싶었던 것이다. 앙갚음을 하지 못한 우리 아픔의 발로다.

일본식 사찰 동국사 불상은 소조 진흙으로 만든 불상이다. 부처님 몸속 에서 나온 많은 복장유물도 우리가 연구하고 우리 것으로 거듭 태어나 박물 관에 전시되고 있다. 우리 품안에 있으면 우리 것이다. 월명산 자락 왕대밭 이 펼치는 일본 정신을 오늘 날에는 소녀상이 가로 막고 있어 우리 정신이 더욱 단단하게 보인다. 시인 문효치 선생 생가에서는 풍수지리의 깊은 의미 가 되새겨 졌다.

이번 행로에서 새롭게 알게 된 것은 열 대자 마을이다. 일제는 불량우범자 수백 명을 모아다가 군산에 강제로 이주시키고는 농지개량사업을 하여 농사를 짓게 하였다. 그 포악한 일본인들과 함께 살아야만 했던 군산 사람들의 공포는 어땠을까. 우리도 한 때 사회정화차원이라며 삼청교육대라는 이름 아래 살인적으로 인권을 유린했다. 그 못된 짓을 당시를 배워서 했던 것은 아닌지. 굽은 논두렁 길에서만 살던 민초들은 기계 농사를 짓는 열다섯 자가 넘는 농로길이 경이로웠다. 성도 이름도 개명하던 시절에 열 대자 마을로 이름 지어 부른 것은 실낱같이 남아있던 민족의 정서가 다시 살아난 증표다.

금강하구 철새 떼는 이번 여정에서는 보지 못했다. 철새의 계절이 지났다. 몇 년 전 서천 쪽 갈대밭 먼발치에서 보았고 TV 화면에서 자주 보여주어 눈에 삼삼하다. 해 질 녘 철새들이 비상하며 하늘을 휘젓는 군무는 아름다움의 극치이고 감동이다. 철새들의 휘젓는 날렵함을 보고 한국무용 부채춤이 본받아 이어지지 않았나 싶다. 철새 날아오르는 떨림을 못 보고 가서 아쉽다. 철새 군무는 금강만이 간직한 숨결이고 군산의 낭만이다. 머물러 바라보면 신명스러워 영혼을 들뜨게 하는 춤이다. 철새들은 고향에 온 것일까, 아니면 잠시 객지생활을 하고 돌아가는 것일까. 새들도 다른 곳에서 살다가 군산에 와서 새로운 삶을 살다간다.

유람선을 타고 군산 앞바다를 한 바퀴 돈다. 군산群山이란 이름은 산이 무리 지어 있다는 뜻이다. 삼백여 개가 넘는 고군산열도, 옛 군산을 선유도까지 선유한다. 바위섬 모습이 해수관음상처럼 우뚝우뚝하다. 그토록 외롭던 섬들이 이제는 육로가 연결되었다. 상전벽해가 아니라 벽해상전이 되었다. 그 기쁨을 파도가 하얗게 박수를 친다. 문교부 시절 교육받은 사람들은 교과서 겉표지에 굴뚝 높은 공장 사진을 기억한다. 장항세린소다. 한국의 위용이고 표상이며 꿈이라 생각했다. 지금은 새만금산업단지가 생겨났고 수십 개의 풍력발전기 날개가 돌아 천연 전기를 만들어 낸다. 새로운 서해안시대 공업도시로 거듭 태어나 무궁무진 발전하는 군산이다. 봄꽃이 군산을 비춘다.

곽영호
경기 수원 출생
『문파문학』 등단
저서: 수필집 『나팔꽃 부부젤라』
e-mail: era3737@hanmail.net

사람과 사람을 잇는 수필   공석남

제16회 수필의 날 행사가 4월 29일~30일 양일간에 걸쳐 행해졌다. 장소는 전북 군산 예술의 전당 소극장이다. 전국의 수필가들과 타 장르 문인들이 함께한 자리이다. 이날 한국문인협회 지연희 수필분과회장은 '수필의 날은 수필인의 역사를 만들어 가는 날이며, 미래 수필문학의 지표를 세우는 만남의 날이기도 합니다.' 로 시작되는 인사 말씀을 통해서 수필인이 해야 할 마땅한 마음가짐을 생각하게 했다. 글을 쓰는 일은 문인이기 전에 사람다운 사람이 되는 길을 우선하는 일이다. 글을 쓰면서 정신과 행동이 합의 일치를 이룰 수 있도록 심신을 가다듬는 것은 좋은 글을 쓰기 위한 발돋움이라 생각한다.

한국문인협회 이사장이신 문효치 시인은 축사로 고향인 군산에서 수필의 날 행사를 지켜보면서 '고향에 왔구나'를 생각했다며, 고향인 이곳이 이렇게 엄숙하고 진지한 곳인 줄을 수필 문학을 통해서 느낀다고 말했다. 문화는 정신과 물질이 자리를 잡아갈 때 아름다운 것이다. 물질 쪽으로 기울어질 때는 사랑을 잃어가는 것이기에 돈이 되지 않는 문학을 하고 있는 여러분은 훌륭하다는 말씀으로 축사를 했다.

군산에 와서 생각하니 「탁류」에서 채만식의 삶과 그 시대의 상황을 읽었더라면 오늘 더 많은 이해와 느낌으로 군산을 바라볼 수 있었을 것을 하는 생각이 들었다. 이 소설을 쓸 때 군산의 인구는 8만 정도이었는데, 이 중에는 호적에도 없는 사람들이 2만5천 명이 넘었다고 한다. 「탁류」는 일제강점기를 살아온 아픈 세대들의 이야기라서 역사적인 가치가 있다는 것이다.

채만식문학관은 금강의 물줄기를 잡고 군산을 굽어보는 곳이었다. 1902년 군산시 임파면에서 태어나 1950년에 세상을 떠났다. 짧은 생을 살아온 발자취와 남긴 책들은 교훈과 역사를 안고 문학관을 장식했다. 기록으로 남긴 작품이 1천여 편이 넘는다고 한다. 단편소설, 수필, 동화에 이르기까지 다양한 작품으로 남았다고 전해진다. 독자에게 잘 알려진 「탁류」와 처녀작이라고 하는 「과도기」, 「세 길로」로 문단에 데뷔한 작가다. 평화롭던 시대도 아니었는데 많은 작품을 남긴 선생의 문학관을 둘러보면서, 그리고 짧은 생 가운데 몸 바쳐 일궈온 작품 세계와 만났다. 문학 작품 속에 사는 사람으로서 저절로 머리 숙여지는 곳이었다.

저명한 문인들을 배출한 항구도시 군산이다. 옥구면 문효치 시인의 생가는 넓은 들을 끼어안고 에 펼쳐진 곳이었다. 옛 모습을 꾸밈없이 그대로 보여주는 곳이다. 옛집과 세간들이 차지한 곳은 사람의 자취를 안고 있었다. 게다가 증조부모님의 송덕비를 모신 사당은 보통 집안이 아닌 듯했다. 무심코 찾아볼 수 없는 곳으로 시인 가계의 각별한 장소를 보았다. 군산의 명소로서 많은 문인들이 기릴 수 있는 곳으로 추대되길 바라는 마음이었다.

군산의 근대역사박물관을 찾았다. 역사는 미래가 된다는 모토로 과거 무역항으로 해상물류유통의 중심지였던 옛 군산의 모습과 근대에 이르는 역사의 현장을 보게 되었다. 1층은 신석기시대부터 우리 인류의 생을 이어주는 발전사를 볼 수 있었다. 2층은 '대한인 안중근과 대한의 자손들'이란 타이틀 아래 사진으로 역사를 조명하고 있다. 자유를 갈망하며 외치던 독립투사들의 삶의 현장을 사진으로 각인시킨 장소이다. 이 전시회는 안중근 의사의 정신을 계승하고 일제강점기 역사 바로 세우기에 노력하는 민족문제연구소의 도움으로 이루어졌다고 한다. 수필의 날 군산을 찾은 회원들로 역사박물관은 대만원이었다. 3층은 근대생활관으로 일제의 강압적 통제 속에서도 굴하지 않고 치열한 삶을 살았던 군산 사람들의 모습을 재현했다. 그 공간에는 이름 없는 사람들이 살았던 움막과 짚더미들로 그 시대를 느끼게 했다. 또한 삶의 현장으로 간판을 달고 밥줄을 이어왔던 군산사람들의 굳건한 의지도 볼 수 있다. 「탁류」가 아니더라도 이 공간을 돌아 나오면 눈으로 보는 과거의 모습과 만난다. 박물관은 역사와 문화를 간직한 곳이며 인간의 삶의 끈을 묶어놓은 곳이기도 하다.

1913년에 지은 국내 유일의 사찰 동국사는 일본식의 건축양식을 보여주고 있었다. 대웅전은 서쪽으로 월명산 자락을 배경으로 동향하여 자리를 잡았다. 뒤쪽엔 끌밋한 대나무가 산자락을 바치고 있는 듯이 너울거린다. 친구는 운동화를 벗어 가지런히 놓고는 들어가 삼배를 올렸다. 그윽한 향내가 대웅전 안을 감돌았다. 일제강점기 일본불교의 조선침략 유물 중 하나다. 그곳에 일본이 공식적으로 사과문을 설치하고 행사한 것은 동국사 참사문비 제막식이 처음이다. 그러므로 군산에서는 빼놓을 수 없는 곳으로 들려보는 곳이기도 하다.

군산과 부안을 연결하는 세계 최고의 긴 새만금萬金 방조제(33.9㎞)를 축조하였다. 이곳을 버스로 달리면서 군산의 앞날이 희망으로 다가옴을 보았다. 열성으로 안내를 맡았던 분은 새만금에서 더 소리를 높여 앞으로의 군산의 변모에 대해 자신 있게 설명했다. 그 소리는 버스를 탈출할 만큼 우렁찼다. 말만 들어도 벅찬 이름 새만금이다. 앞으로 개척할 일이 많은 이곳은 푸른 꿈이 방조제 물결만큼이나 출렁거렸다.

군산은 역사가 숨 쉬는 도시이며 내일이 있다. 수필의 날 행사로 군산의 어제와 오늘을 만났다. 문학을 통하여 나를 가꾸고 살아가는 사람들의 발길을 따라가 본 시간이기도 했다. 끝없이 발전하는 무궁한 도시의 면모를 보여주는 곳. 그 옛날 땅을 소중히 여긴 사람들이 아끼던 흙이 스멀거리며 올라오는 논두렁은 걸직한 내음으로 눈길을 끌었다. 한 톨의 쌀을 생산하기 위해

땀을 흘리던 농민들의 맑은 정신이 만경평야의 광활함 앞에 평화롭게 들어온다.

공석남

경기 평택 출신

『문파문학』 수필 부문 신인상 당선 등단

문파문학회 회원, 동남문학회 회원

저서: 수필집 『내 생애 가장 기억에 남을』, 공저 『달팽이의 하루』 외 다수

군산의 백미 시인의 생가

권남희

　　군산 수필의 날 행사에서 백미는 문효치 시인(한국문협 이사
장)의 생가를 방문한 일이다. 수필의 날 행사 준비를 위해 지연희 한국문인
협회 수필분과회장을 모시고 군산 시장을 면담하고 김철규 군산 문협지부장
의 안내로 시인의 생가를 답사했던 1월, 그곳은 눈이 수북하게 쌓여 장관이
었다. 옥산면 대봉산자락에 자리 잡은 집은 아주 정갈한 자태였고 옆으로 그
네 타는 곳, 우물, 장독대. 나중에 지은 별채 등은 눈 속에서 문학의 아우라를
제대로 풍기고 있었다.

　　몇 년 전 문파문학 권두대담 인터뷰를 하면서 나는 문효치 시인에 대해
비로소 이해를 하게 되었다. 시인이 되어야만 했던, 죽음을 넘나들었던, 아
픈 청춘과 역사 속에는 아버지가 있었고 그런 모습은 그 시대 우리들의 자
화상이었다.

　　생가 입구 가운데는 연못이 있고 오른쪽 바깥에는 시인의 시비, 그 옆으

로 공덕비와 그를 기리는 사당이 있다. 4월의 마지막 날 다시 찾은 시인의 생가는 훌쩍 커진 아이처럼 꽃들이 피어나고 나무들이 제법 녹음을 갖추어 훨씬 가까워진 느낌을 주었다. 연못 한쪽에 세워진 안내판을 찬찬히 읽어보았다. 제주 고씨 부인은 대장부였다. 100년 전 홀로 아들을 키우면서 마을과 인근 지역을 살린 여인의 헌신과 집념이 존경스러웠다. 그런 DNA가 문효치 시인에게 전해지고 있는 것이다.

100년 전 문 씨 문중에 시집온 제주 고씨 부인은 고종 23년 콜레라로 아침에 시아버지를 잃고 저녁에 남편을 잃었지만 유복자를 키우며 거부가 되었다. 1908, 1911년 마을에 큰 홍수가 났을 때도 마을 사람들을 구휼하였고 자손들도 역시 구휼에 앞장섰는데 옥산면에서 숭덕비를 세웠다. 이후 아픔의 역사를 겪으면서 규모는 줄었지만 1,400평이 넘는 넓은 이곳을 문효치 시인은 군산시에 20년간 사용하도록 승낙을 하였다. 이곳은 다시 마을 가꾸기 사업과 농촌 체험 마을 추진, 공동사업현장 장소로 거듭나 활기를 얻고 있다.

전통이 살아있는 생가, 남내 마을의 대봉산 지세를 보면서 이제 문학인의 영원한 명소로 자리 잡을 것을 예감했다. 남으로 향한 마을은 햇살을 흠뻑 받아 아주 평안한 분위기다. 한때 곡창지대였음을 알 수가 있다. 문효치 선생의 생가를 찾은 수필가들은 감탄을 쏟고 사진을 찍으며 마음에 흠뻑 희망을 채운 날이다.

하지만 나는 그곳을 빠져나오면서 부끄러워졌다. 수필의 날 마무리도 못하고 그저 안타까움만 가득한 채 내가 4살 때부터 살던 집을 팔러 가야 했기 때문이다. 동생들이 차례로 태어나 자라고 학교를 다니며 꿈을 키웠던 곳, 부모님이 한때 업을 쌓으며 당신들의 젊음을 바친 곳을 온전히 보존하고 싶었다. 부모님이 돌아가시고 우리는 그 집을 물려받았지만 서로의 꿈은 달랐다.

나의 꿈은 내가 살았던 집, 철없던 나의 모든 것과 나의 허망한 꿈까지 묻어두었던 곳을 문학관으로 만드는 일이었다. 그 꿈은 현실적으로 내가 가진 법적인 지분만큼만 허용되는 상황을 고려하지 못한 뜬구름 잡기였다. 계약서에 도장을 찍고 꿈을 팔아버린 날 나는 그대로 떠날 수 없어서 길가 마트 파라솔 아래 앉았다. 소주라도 마셔야 할 것 같았기 때문이다.

권남희
1987년『월간문학』수필 당선 등단, (사)한국수필가협회 편집주간
덕성여대, MBC아카데미 수필 강의
저서: 수필집『목마른 도시』, 『육감하이테크』, 『그대삶의 붉은 포도밭』등 7권
수상: 제22회 한국수필문학상, 제8회 한국문협작가상

「탁류」의 도시, 군산

권현옥

　　군산, 지명을 읊조리면 이상하게도 매력이 다가왔다. 아랫목 군내가 나는 듯, 퀴퀴한 듯, 종내는 구수한 듯한 맛이 났다. 논산처럼 같은 ㄴ이 받침으로 쓰였는데 왜 군산은 유별하게도 먼 지명처럼 역사적 도시로 다가오는지, 이방인의 도시처럼 오는지 모르겠다.

　　수필의 날 행사가 군산서 있다는 말이 반가웠다. 군산이라는 도시를 품고 며칠 기대했다. 학교 때 배운 '항구도시'라는 것 빼고는 아는 것이 없는, 한 번도 가본 적 없는 곳, 미지의 땅이었다. 변산반도의 채석강을 돌면서도 '저쪽이 군산이라네' 하면서 지나쳤던 곳이었다.

　　지도를 보았다. 물의 몸뚱이와 땅의 몸뚱이가 또렷이 보였다. 강물은 대지 어딘가에 꼬리를 박고 몸을 꿈틀거리며 굽어서 힘을 과시하고 고개를 서해로 쳐들고 흘러가는 거대한 물 덩어리인 듯했다. 금강과 만경강이 소백산 줄기 어딘가를 뽑아 내리고 지리산에 엎드린 낮고 깊은 골의 물을 따라 서해로 흐르며 모인 그 사이로 땅을 지키고 사람을 지키고 살았던 군산이었을 텐데…. 너무 멋스러운 선을 가진 도시였다. 어쩌면 아름다운 도시인데 민간의 피땀이 빠져나간 자리처럼 일제강점기의 지난한 삶이 남아 항구에 박혀있을 거란 추측이 있었는지 모르겠다.

탁류의 도시, 어딘들 풍자로 말하자면 탁류가 아니겠고 청풍명월의 도시, 하면 어딘들 우리나라가 그렇지 아니하겠냐마는 유독 군산이 탁류의 도시처럼 된 연유는 채만식이라는 소설가가 있었기에 그럴 테다. 글발 센 풍자소설 속에 그 암울한 시대가 들어있어서였으리라.

군산에 들어서자마자 들어선 곳이 채만식문학관, 순간 가슴이 뛰었다. 문학관 입구에서 "채만식이 뭐 썼더라?" 하는 뒷줄의 누군가의 말에 "탁류, 레디메이드 인생!" 하며 튀어나온 내 작은 독백은 나 스스로를 감탄시켰다. 그래, 학교 때 배운 그 소설, 가슴이 뛰는 것은 그렇게도 선망하고 동경하던 그 시절 소설가가 이 지역에서 살았고 이곳을 배경으로 쓴 소설 「탁류」가 있기 때문이었다.

천천히 문학관을 돌아보았다. 발표했던 많은 소설과 수필들, 출간된 책과 신문들. 한 소설가가 도시를 세계에 알리고 한 영화감독이 도시의 이미지를 고정시켜놓듯 군산은 탁류처럼 나에게 왔다. 탁한 도시가 아니라 영원한 문학을 껴안은 도시처럼.

군산 예술의 전당에서 수필의 날 행사를 하고 횡단보도를 걸을 때는 이미 나는 현실 속 군산에 있었다. 도시가 벌떡 일어나서 네온사인에 춤을 추는 여느 도시와 같은 것을 보고 과거와 현재는 공존하고, 미래는 과거와 현재가 분리되는 모순에서 희망이 있는 것임을 알았다. 군산은 그런 곳일 거라는 생각을 하며 바삐 도로를 건넜다.

다음 날 아침 아욱국으로 속을 만진 나는 일제강점기 때 지어진 특이한 분위기의 동국사와 시간의 거리를 걸어보고 근대역사박물관을 둘러보았다. 나는 앞서가던 가이드인 듯한 사람의 설명을 설핏 들었다. 저쪽은 서천이고 이쪽은 군산이라고 신기했다. 경계의 강은 많은 것을 품고 역사를 달리하지 않는가. 그리고 저 배들은 운항하는 배가 아니라 띄워놓은 배라고 맞는 말인지 의아했지만 난 그대로 군산이라는 항구도시가 멋있어 보였다. 과거를 품은 비밀의 여인처럼.

만경평야가 있지만 농촌이라기보다는 항구이고, 항구도시지만 슬픔과 낭만을 품은 이별을 화려하게 하는 선착장이 아니었다. 일본으로 쌀을 가져가는 항구로 변해 여객선이 오고가는 낭만의 항구가 아닌 약탈과 뺏김의 항구였다. 풍족해 보이지만 한없이 가난하고, 활기 있어 보이지만 어딘지 우울한 분위기, 나는 그때를 밟으며 천천히 걸어 나왔다.

그런가보다. 일본인이 그렇게 많이 살았다는 이 도시에서 나는 진갈색의 음울한 목제 사찰 같은 분위기를 느꼈다. 적산 가옥이 보존된 시간의 거리를 걸었다. 사진을 찍었다. 역사가 앉아 있는 이 도시 거리에서 화려한 여자들의 웃음을 얹으니 색깔은 차분하게 조화되었다.

현물 없이 거래를 하던 사기성 짙고 천박한 '미두장이'는 없고 불행한 여인 '초봉'도 소설 속에서나 남아있지만 시간 여행 거리에서 잠시 묻어나는 것 같았다. 이 거리를 활보하는 사람은 이제 현재를 살고 있는 군산의 사람들이나 관광객. 과거는 화려하고도 구차한 것, 현재는 걷는 사람의 몫, 군산은 그렇게 아름답게 강물을 끼고 바다로 가는 미래의 도시였다.

나는 돌아오는 버스에서 군산에서 유명하다는 앙금빵을 베어 물었다. 더 머물며 군산을 알지 못한 것에 대한 아쉬움을 달달한 빵으로 잊고 있었다.

권현옥

수필가. 『현대수필』 등단. 한국문인협회 국제펜클럽 회원. 현대수필 편집위원.
저서: 수필집 『갈아타는 곳에 서다』, 『속살을 보다』, 『속아도 꿈결』, 선집 『커졌다 작아지다』
2007 우수문학도서 선정, 2014 구름카페문학상 수상.
e-mail: doonguri@hanmail.net

군산에서 만난 네 남자   김선화

군산에 가면 그들이 있다. 구수한 말씨 속에 정 묻어나는 남자들이 있다. 오래전부터 항구의 도시로 알려진 그곳이 무척이나 궁금했다. 공주 부여를 적신 물줄기가 유유히 흘러드는 군산 땅이 왠지 품 넓게 느껴졌다. 항구의 도시답게 뭔가 수선스러울 것 같기도 했다. 수많은 사람들과 물자가 들고나는 곳이니만큼 유독 역사적 애환이 어린 곳이지 싶었다. 그래서 수필의 날 행사로 군산을 찾았을 때 설레기 그지없었다. 그곳에서 나는 인상적인 네 남자를 만났다. 그들의 특징을 하나하나 열거하며 좀 더 가까이 다가가 보기로 한다.

1. 백릉 채만식 선생

그의 함자가 붙은 〈채만식문학관〉에 가면 잘생긴 남자가 중절모를 쓰고 씩 웃으며 방문객을 맞는다. 소설 「탁류」로 잘 알려진 선생은 일제하에 표현

김선화

37

의 자유를 잃어 암울하고 서글픈 시대를 우회적 문체로 그려냈다. 또 「논 이 야기」를 통해 병든 사회를 비판하는데 그 풍자가 걸작이다. 땅 없는 사람들에게 논의 분배가 얼마나 중요한 것인지를 여실히 보여주는데, 이는 상식적으로 해석해 볼 때 목구멍에 밥숟갈 넘기는 것과 맞닿아있지 않은가. 한마디로 요약해 해방 전 대농의 소유주가, 해방 후 정부에서 국민들에게 되파는 땅을 사려 하나 이미 가산을 탕진해 빈털터리가 되었다는 풍자가 웃음을 자아낸다.

군산은 항구도시답게 일제강점기 시대 수탈의 최전선이었다고 요즘 자주 전파를 탄다. 가혹하고 참담했던 식민지의 상징성이 두드러지는 곳이기도 하다. 그곳에 현실의식이 확고했던 백릉 선생의 발자욱이 어려 있다. 그가 군산 사람이라는 점은 현재를 살아가는 그 땅의 문인들에게 대단한 자긍심과 정신적 자산이리라.

2. 클로버 밭을 걷던 소년

매우 목가적인 마을 앞 신작로를 걷는다. 차가 다니는 시골길은 신작로라 해야 길 맛이 살아난다. 저만치 기와지붕 몇 채가 보이는데 풍악 소리 힘차게 울린다. 처음엔 어느 마을회관에서 농악연습 중인가보다 했는데 점차 가까이서 흥이 더하다. 그 소리를 벗으며 소로로 접어든다. 연못 안의 배롱나무 한 그루가 단 위에 올라서서 의연하다. 둘레석을 쌓아 흙을 채우고 심어둔 배롱나무. 굴곡진 몸으로 자연스레 섬이 되어 문 씨 집성촌을 지키는 명물이 되어 있다. 뜰로 들어서니 사물놀이패의 향연이 멋진다.

이어서 대숲 울울한 고택을 뒤로하고 토방에 올라선 한국문인협회 문효치 이사장님의 인사가 흥미롭다. 선대의 문학적 향취에 대한 회고가 가치 있게 심중을 울린다. 그러한 뿌리를 둔 집안이니 명성 높은 시인이 나오는 것은 어쩌면 자명한 일이겠다는 생각이 든다. 당시 대문 밖에 클로버 밭이 있었고, 소년 효치는 그 오솔길을 자주 거닐었단다. 하루는 클로버 밭에서 뱀 두 마리가 뒤엉켜 있는 것을 보고 싸우는 줄 알고 돌을 던졌다고. 뜰에 둘러서고 앉은 한국의 수필가들은 그날 그 이야기를 다 들었다. 나도 잔디밭에 철퍼덕 앉아 그 재미난 얘기를 귓속에 차곡차곡 저장해두었다.

우물가에서 두레박으로 물을 퍼 올려 속도 헹구고 대문 밖 시비도 또렷이 읽었으나 뇌리에는 그저 네다섯 살짜리의 효치 소년이 콕 들어박혀 종종거린다. 그간 수많은 작고 문인의 흔적을 찾아다녔다. 그때마다 적잖은 갈증을 숨길 수 없었는데 그 이유는 작가의 육성으로 작품배경을 들어보지 못한다는 아쉬움이었다. 한데 이번 생존 작가의 생가답사에서 응수가 이루어져 가슴 채워지는 시간이었다. 응수는 곧 소통 아닌가. 산 사람들 간이라 하여 다 공감대가 형성되는 것은 아닌 까닭에 더욱 흔흔하게 군산의 향기로 남는다.

3. 헤이, 아가씨!

수필의 날 이틀 동안 스텝으로 움직이느라 분주한데 시선이 뜨뜻하다. 마침 나는 식사접시를 들고 앉을 곳을 찾고 있었다. 그런데 저만치에 선 한 남자가 선하게 웃는다. 다가가니 군산문협에서 안내 차 나온 작가 Y였다. 이게 얼마 만이던가. 이 도시에 오며 혹시 볼 수도 있는 사람으로 예측하긴 했지만 이리 만나니 조금은 민망스러웠다. 그는 그 땅의 주인답게 어서 먹으라고 권한다. 한데 이상한 점은 자주 봐왔던 이웃집 오빠처럼 편하다는 것이다. 그리고 나이도 먹지 않은 서른 후반에 가 있게 되는 것이 실로 예삿일이 아니다.

그를 만난 건 10년 전, 고창 선운산호텔에서 있었던 작은 문학상 시상식 자리에서였다. 한껏 차려입고 동동거리는데 커피숍에서 한 남자가 부르지 뭔가. "헤이, 아가씨!" 그 말이 거푸 들리는데 나는 반사적으로 두리번거리며 건방진 어투의 사내를 찾았다. 그곳엔 문단 원로들이 대거 앉아 있었던바, 내 행동은 단박에 노출되고 말았다. 어른들 뒤쪽에서 등산복차림으로 다리를 꼬고 기대어 이 아가씨를 불러 세운 사내가 바로 Y였다. 나는 주변의 시선을 아랑곳 않고 그에게 다가가 '그렇게 부르면 어떡하냐'고 귀엣말을 했다. 그 일은 두고두고 한 차례씩 미소 짓게 된다.

그와의 첫 인연은 그때보다도 10년 전이니 내가 아가씨라 불려도 과히 과장된 것은 아니리라. 서른 후반의 우리는 문학에 대한 치열한 토의로 시간 가는 줄을 몰랐다. 장르도 다르고 살아가는 고장도 달랐지만 서울역에서 시작해 전철을 갈아타는 짬짬이 쉴 새 없이 지껄여댔다. 그러다가 성에 차지 않으면 엉덩이 붙일 벤치에 앉아 나름의 색깔을 가감 없이 드러냈다. 돌아보면 문학적 열정이 하늘에 닿던 날들이었다. 그리고는 일상에 묻혀 그 이름 석자를 곧잘 잊고 살았다. 그런 그를 20여 년 동안에 전라도 땅에서 딱 두 번 만났다. 이젠 지긋한 외모에서 서로 연민을 느낄 나이이다. 헌데도 그가 하얀 이를 보이며 활짝 웃는 모습을 보면 열 살쯤은 젊은 모습으로 '헤이, 아가씨!' 라 부르며 장난을 쳐주길 기다리게 된다. 피차간에 세월의 자국을 지우고 싶은 마음이 강하게 작용하는 거겠지.

4. 첫 삽을 뜬 남자

매사 일의 시작을 일러 첫 삽 뜬다고 한다. 어떤 일의 시초에는 삽이 들먹여진다. 다리를 놓으려 해도 집을 지으려 해도 농사를 지으려 해도 첫 삽부터가 일의 실행을 알리는 기점이 된다.

새만금사업 -그 방대한 일을 구상한 대 사업가야 우리가 다 아는 일. 이번에 자료관을 둘러보던 중 수많은 기록이 담긴 장부를 보았다. 끝물막이 영상까지 시선을 잡지만 내 가슴에 전율을 부른 것은 설계도면인 듯한 서류를 들고 산길에 서 있는 젊은 남자였다. 크게 알려지지 않은 샐러리맨일 수도 있는 그가 얼마나 많은 정열을 바다 막는 일에 쏟아부었을까. 한 가정의 가장으로서 성실히 임했을 모습을 그려본다. 아득한 주변을 둘러보며 용단을 내려야 하는 일에 앞장서 있는 자세가 진지하기 그만이다. 가장들의 일터 상실이 유행처럼 번지는 이때, 점퍼 차림의 그 남자 폼이 기운차게 비쳐 더욱 멋져 보인다. 응시의 눈빛으로 금세라도 성큼성큼 걸어 나올 품새이다.

갯벌을 막았느니 생태계를 파계했느니 산업화에 큰 이익을 불러오느니 하는 말은 내게 있어 그다지 이야깃거리가 아니다. 군산의 낮은 동산과 갯벌이었던 곳에 가도 가도 끝이 없을 것 같은 도로가 곧게 뻗은 밑바탕엔 분명 첫 삽을 뜬 인물이 존재한다는 것이다. 그 자체가 가치 높게 다가와 마음에 머문다. 그도 어느 집안의 아들이요, 누구누구의 아버지요, 한 여인의 지아비였을 사실이 가슴 뭉클하게 한다. 이렇게 군산의 특이한 남자 넷이 요즘 내 뇌리에서 산다.

김선화
『월간문학』 수필부문(1999), 청소년소설(2006) 등단
수상 : 한국수필문학상, 대표에세이문학상, 대표에세이문학회 전 회장, 한국문학비답사회 회원
저서 : 수필집 『둥지 밖의 새』, 『눈으로 보는 소리』, 『소낙비』, 『포옹』, 『아버지의 성(城)』, 『나무속의 나무』, 시집 『눈뜨고 꿈을 꾸다』, 『꽃불』, 청소년소설 『솔수펑이 사람들』(장편), 『바람의 집』(중·단편)

군산, 1박 2일의 아름다운 순례

김숙경

　　군산은 지난해 봉사 단체에서 만난 다섯 명의 친구들과 1박 2일 다녀가는 기회가 있었다. 군산에 시댁을 둔 친구가 있었기에 가능한 일이었다. 소도시 전체를 꿰고 있는 친구 J 덕에 구석구석 다 돌아볼 수 있는 여행이었다. 손수 운전해서 거의 다 돌아봤으니 수필의 날 코스들이 낯설지가 않았다. 벚꽃이 피면 다시 오겠다던 군산, 이번에도 월명공원의 벚꽃은 볼 수 없었지만 군산이란 이미지와 느낌만큼은 예전처럼 강렬했다.

　　근현대사 박물관에서 항일 투쟁을 가장하여 흰 저고리에 검정 치마를 입고 저항하는 듯 찍던 사진, 일본 통치시절 생활상을 고스란히 볼 수 있던 그곳에서 일본이 수탈해간 우리의 역사를 읽을 수 있었다. 아직 그대로 보존하고 있는 동국사, 일제강점기 시대 일본불교의 흔적이라고 한다. 국내에 유일하게 남아있는 사찰과 아직도 일본 문화가 잔재해 있는 군산은 근현대사의 역사를 한눈에 가늠하게 했다. 지배당하고 강탈당했던 그 때를 다시 재조명하게 해주는 군산의 역사는 그래서 의미 있는 곳이었다.

피고 지는 꽃들의 이야기처럼 끊임없이 이어주는 수필의 역사는 또 한 획을 긋게 한다. "수필을 통해 다시 태어날 수 있고 가슴에 불꽃을 피울 수 있으며, 강과 바다를 찬란히 여울지게 할 수 있다."는 수필의 날 선언문처럼 수필가들이 써내려가는 군산문화예술 속 한국수필의 1박 2일은 기록될 것이다. 군산문화 예술의 중심에 서서 수필의 날을 돌아볼 때 어느 도시에서 만났던 느낌보다 더 다채롭고 풍요로운 수필의 날이었다고 생각한다. 수필가들의 수필 낭송은 꽃처럼 아름다웠다. 수필을 쓰는 이유를 짧은 낭송으로 감탄하게 해준 권현옥 수필가를 잊지 못할 것 같다. 시에서 말하지 못하는 언어를 수필에서 찾으려는 명쾌함이 좋았다.

표현한 그 말들이 정말 좋아 SNS를 즐기는 나는 그 글을 올리고 반응하는 사람들과 공유하는 기쁨도 가졌다. 수필을 사랑하는 사람들의 심리를 대변해준 글이었다. '왜 수필을 쓰는가. 그렇게 물으면 말하고 싶어서라고, 인생은 시처럼 아슴푸레하여 보이지 않는 실크 속 상처 같기도 하고 소설처럼 서리서리 긴 이야기 다 듣고 나면 뼛속까지 속절없는 사랑 같지만, 그저 내 가슴 몇 마디 마른 꽃잎으로 눌러 놓고 싶을 때 수필 써.' 이렇듯 확연하고 또렷한 수필예찬은 그저 그렇게 모호하게 써오던 나에게 일침을 놓는다. 그 수필가의 깊디깊은 내공이 부러울뿐이다. 수필이 왜 존재하는지 내 마음을 다듬게 하고 글을 쓰는 이유를 말해준다. 깊은 여운이 남아 흡족했다.

군산문인협회보에 실린 수필가의 날 홍보는 신선한 느낌이었다. 수필의 날에 여러 번 참여했지만 이렇듯 소상히 홍보해주는 일은 처음인 것 같았다. 군산 문인들의 활약과 더불어 전국대회를 환영한다는 군산시의회와 전라북도, 군산시, 한국문인협회 군산지부의 홍보는 행사에 앞서 자부심마저 갖게 했다. 수필가들의 위상을 지면을 통해 홍보하는 모습에 감동했다. 손님을 초대하는 군산이라는 도시의 정성과 수고가 진심으로 느껴졌다. 하루아침에 군산을 파악할 수는 없겠지만 다시 오고 싶게 만드는 도시임은 분명하다. 벌써 네 번을 다녀갔어도 아직 다 보지 못했을 이곳을 곳곳 정탐하러 오는 기분으로 찾게 될 것 같다. 그만큼 군산이라는 볼수록 찾을수록 매력 있는 도시라고 생각한다.

곳곳에 숨겨진 군산의 볼거리들, 영화 촬영지로 유명했던 히로스 가옥도 인상 깊다. 예정에 있었지만 시간이 맞지 않아 둘러보지 못한 아쉬움 때문에라도 다시 오길 희망하리라. 2008년까지 하루 두 번 운행하며 마을을 관통했던 경암동 철길마을에 가면 건물과 건물 사이를 기차가 아슬아슬 지나쳐 갔을 그때의 풍경을 읽게 될 것이다. 기차를 타고 어디론가 떠나고 싶던 유년의 기억들, 기차 속에 몸을 싣고 어느 간이역에 내려 후루룩 먹던 가락국수도 왠지 이곳에서 다시 맛볼 것 같은 향수를 불러일으킨다.

플랫폼을 빠져나가며 소리치던 기적도 이제 먼 이야기가 됐다. 아련한 그리움만 철길 너머에 있는 듯 보인다. 경암 철길 마을이 이제는 손꼽는 군산

여행지 중의 하나가 됐다. 은파호수 공원의 야경은 피곤에 절은 몸이 허락지 않아서 걸어보진 못했지만 꼭 가보길 추천한다. 물빛 가득 번져오는 꿈과 추억으로 힐링하게 될 것이다. 소박하고 투명한 도시를 오래도록 잊지 못하고 또 찾아가리라.

　지나는 밤을 모두가 아쉬워했다. 그냥 지나치면 두고두고 서운해할 것 같아 우리만의 군산을 즐기고 싶어 하는 문우님의 성화에 못 이기는 척 작은 자리를 만들었다. 여기저기 호출해서 한곳으로 모이는 마음은 떠나기 전 군산의 밤은 무언가 색다르지 않을까 하는 기대감 때문이었으리라. 우리 동남 문학인만의 밤과 함께 수필의 날이 주던 설렘이 가미된 일을 감겨오는 눈까풀에 그 자리를 오래 버티지 못해 먼저 방으로 돌아와 누웠다. 수필의 날 우리만의 단합대회를 제대로 만들지 못해 미안한 일이 되었지만 제16회 사람과 사람을 잇는 수필의 날 속의 자부심 가득한 수필가들의 꿈들을 보고 왔다. 소통의 끈으로 이어진 기록들이 한 페이지의 역사를 만들어 주리라 믿는다.

김숙경
『한국문인』 신인상 당선 등단
동남문학회 회장, 문파문인협회 운영이사, 경기수필가협회 회원, 맥심문학회 회원
수상: 제10회 동남문학상
저서: 수필집 『엄마의 바다』

섬 　김영월

　　군산 비응항을 떠난 유람선이 봄 바다를 시원하게 가른다. 하얀 거품을 기세 좋게 쏟아내며 목적지를 향해 미끄러져 가는 엔진 소리가 시끄럽지만 맑은 날씨에 순조로운 항해가 계속된다. 잔잔한 물결만 넘실대고 선유도 가는 길은 뱃멀미를 걱정했지만 다행히 무사한 편이다. 일상생활의 답답함을 떨쳐 버리고 망망대해로 떠나는 일은 언제나 탁 트인 수평선처럼 가슴이 뻥 뚫리는 기분이다.

　　한국문인협회 수필분과에서 주관하는 수필의 날 행사에 참석하여 고군산열도를 둘러보는 일정은 이번 여행의 하이라이트다. 선실 안에서 수백 명의 회원들이 사회자의 진행에 따라 시낭송 및 노래자랑도 하고 즐거운 시간을 보낸다. 이럴 때 안전사고 발생 시 어떻게 행동해야 할지 숙지한 사람들이 얼마나 될까. 우선 나부터 그런 불길한 생각은 아예 하지도 않고 무사 항해에 대한 믿음뿐이다.

　　2년 전 세월호 침몰사건 때도 수백 명의 단원고 학생들이 제주도의 수학

여행 기분에 들떠 있다가 난데없는 참변을 당하고 말았으리라. 바다는 낭만적인 분위기에 젖게 하지만 다른 한편으로 무서운 공포의 대상이 아닐 수 없다. 아직도 시체를 찾지 못한 일부 단원고 학생들의 부모는 얼마나 가슴이 아리고 진도 앞바다만 바라보면 악몽에 시달릴까.

내게도 섬 여행의 악몽이 있다. 우리 일행이 가는 선유도와 이웃한 무녀도에 다녀올 때의 일이다. 30여 년 전에 익산시(옛 이리시)의 J 은행에 초임대리로 부임하여 근무하고 있을 때 그곳에 사는 직원의 주선으로 1박 2일 여행을 계획했다. 섬에 무사히 도착하여 첫날은 어부가 갯벌에서 직접 잡은 낙지를 꿈틀거리는 채로 등산용 칼로 잘라내 바닷물에 헹궈 그대로 초고추장에 찍어 먹어도 고소하고 맛있었다. 그런데 예측불허인 섬 날씨답게 다음 날 풍랑주의보가 내려 정기 여객선이 출항금지 되었으니 큰일이었다.

월요일에 출근하여 금고문도 열고 영업을 개시해야 하는데 지점장 이하전간부들이 이곳에 묶여 있으니 어찌하랴. 고심 끝에 이곳 직원이 개인용 작은 배를 한 척 빌려 군산까지 나가는 것으로 결정하고 출항했다. 아니나 다를까. 일기예보를 무시하고 바다 한가운데 나오니 작은 배는 일엽편주가 되어 요동치기 시작했다. 거센 파도가 뱃전을 넘어오고 어찌나 중심이 오르락내리락하는지 정신을 못 차리고 뱃멀미에 시달렸다.

결국 서 있지 못하고 배 바닥에 벌렁 나자빠져 소주 한 잔씩을 마시며 견디려 했지만 소용없었다. 어떻게 약 2시간 거리의 육지에 무사히 도착했는지 기절하고 깨어나니 전혀 알 길이 없었다. 지금 생각하면 무모하기 짝이 없는 바보 같은 행동이었고 목숨을 건진 게 기적인 듯하다.

대학입시에 실패하고 가정 형편상 지방공무원 시험에 응시하여 합격하여 첫 발령을 받은 곳이 전라남도 영광군 낙월도 면사무소였다. 목포항에서 약 8시간 배를 타고 닿는 곳으로 속이 약한 나는 심한 뱃멀미에 거의 초죽음이 되다시피 했다. 섬마을 선생님이 아니고 섬마을 면서기로 근무를 시작한 지 약 한 달 만에 다시 육지로 발령을 받아 나오긴 했다.

해변가에 돼지가 어슬렁거리며 돌아다니고 새우젓이 많이 잡히는 한가로운 어촌이었다. 섬은 두 개 지역으로 나누어져 상낙월과 하낙월로 구분되었다. 썰물 때는 두 섬이 갯벌로 연결돼 걸어 다닐 수 있었는데 그리 아름다운 풍광을 느낄 수 없었다.

집에 못 가는 주말엔 야산 같은 섬 정상에 올라 주변을 살폈다. 망망대해에 갇혀있는 자신이 괜히 서럽고 고독했다. 정기 여객선이 선착장에 도착하고 뱃고동 소리와 함께 이미자의 '섬마을 선생님' 노래가 구성지게 확성기로 울려 퍼지면 미칠 듯 그리움이 밀려오곤 했다. 시시한 유행가와 섬 생활의 고독이 기가 막히게 잘 어울린다는 걸 그때 알았다. 섬마을 총각이 육지 여자를 만나 결혼하는 게 얼마나 큰 성공(?)인가를 실감 나게 한다.

유람선의 사회자가 멘트하는 가운데 섬마을 출신의 큰 인물을 소개했다. 우리나라의 김영삼 전 대통령은 거제도 출신이고 김대중 전 대통령은 하의도 출신이라는 걸 상기시켰다. 그러고 보면 프랑스의 영웅, 나폴레옹도 작은 콜시카 섬 출신이 아니던가. 그들이 섬마을의 고독을 이기고 그토록 큰 꿈을 실현시킨 데는 언제나 바다와 같은 넓은 마음을 배우려 했기에 가능하지 않았으랴. 바다는 섬을 키우고 섬은 사람을 키운 것이리라.

아내는 목포에서 교육대학을 졸업하고 첫 부임지로 김대중 전 대통령의 고향, 하의도로 발령받았다. 그곳에서 약 3년 동안 처녀 교사로 근무하는 동안 너무나 마음고생을 많이 한 까닭인지 섬 여행이라면 아예 싫다는 듯 고갤 흔든다. 섬과 육지를 오가며 직장생활을 해야 하는 애로사항을 생각하면 충분히 이해가 간다. 섬마을 여선생으로 그곳에서 인연을 만나지 않고 육지의 나와 만나게 된 것도 가슴 속 바다를 이긴 결과가 아니랴. 이생진 시인은 섬을 주제로 오로지 시를 쓰고 수많은 섬 여행으로 유명한 분이니 대단하다는 생각이 든다.

배가 선유도에 무사히 도착했지만 시간 관계상 선착장에 내려 땅도 밟아보지 못하고 그냥 되돌아오는 여행이었으니 서운하기 짝이 없다. 올봄에 전라남도 구례군 산동면 산수유 마을에 갔을 때도 관광버스가 밀려 차창 밖으로 바라보는 것으로 꽃구경이 끝나고 말아 무척 아쉬움을 느꼈더랬다. 내게 남은 인생 항해가 이제 마지막 섬을 찾아가는 여행이라 여기며 끝까지 순항할 수 있기를 기도하리라.

김영월
1996년 『한국수필』 수필 등단, 1997년 『시와산문』 시 등단
한국수필가협회 감사, 한국수필작가회 18대 회장, 한국문협 도봉지부 회장 역임
저서: 수필집 『내 안의 하이드』 외 7권. 시집 『오로라의 얼굴』 외 7권
e-mail: weol2004@naver.com

모란을 기다리듯

김용대

　　세계 최장의 새만금 방조제를 관광버스로 달린다. 5월의 갯바람을 맡으며 새만금 방조제를 따라 바다를 가로질러 신나게 질주하는 것이다. 순수한 우리 기술로 이룬 33.9km 방조제는 네덜란드의 주다치 방조제보다 1.4km가 더 길어 기네스북에 올랐다니 자부심이 풍선처럼 부푼다. 이 방조제를 완성하기 위해 덤프트럭은 몇만 번을 왕래했으며, 돌과 흙은 얼마나 들어갔을까? 마지막 물막이 공사 때 엄청난 물살로 실패를 거듭하다 폐선을 가라앉혀 성공했다던 전설 같은 이야기가 있지 않던가. 바닷물이 양편으로 나누어지던 날 종사자들이 얼싸안고 기뻐했을 모습이 보이는 듯하다.

　　네덜란드는 국토의 25%가 바다를 막아서 만들어졌다. 우리는 어린 시절 교과서를 통해 그 기술에 감탄하고 부러워했다. 우리나라는 삼면이 바다로 둘러싸인 좁은 땅이니 바다를 막아 국토를 넓히는 일이야말로 위대하게 느껴져서다.

우리 선조들은 해마다 보릿고개를 지긋지긋하게 넘기며 생명을 유지했다. 바다가 인접한 지역은 덜했으나, 산간 벽촌은 더욱 심했다. 일제 강점기 때에는 그마저 수탈해 갔고, 6·25로 인한 전쟁 때는 농사를 짓지 못해 먹을거리가 부족했다. 우리 국민이 땅을 소유하고자 하는 강한 욕망은 먹을거리와 직결되었기에 그리했으리라. 나라가 안정되고 새마을 사업이 시작되면서 조금 나아지는가 했는데 생각지 못한 한발이 들고 냉해가 들어 식량 파동이 났다. 농업이 주를 이루는 나라에서 외국으로부터 식량을 수입해야 했으니 한심한 일이었다. 이때 정부에서 바다를 막아 농토를 만들겠다는 구상은 당연했으리라. 타당성 조사를 하고 면밀한 계획을 세워 1991년에 착공하여서 땀과 집념으로 2006년에 최종 연결 공사가 완료된 것이다. 사람은 무에서 유를 갈망한다. 이것은 대단지 땅을 만들어 낼 위대한 창조였다.

간척사업은 국토의 외형적 확장과 농어촌 발전기반을 조성하고 수자원 확보와 간척농지 개발뿐만 아니라, 지역종합개발로 쾌적한 복지농어촌의 도시를 건설하는 것이었다. 그러나 대규모의 개펄을 매립함으로써 생태계를 파괴하여 수산자원이 고갈되고, 해양오염이 증가하는 환경문제가 드러나기도 했다. 매립과 담수호로 이룩될 새만금은 401㎢로 서울시 면적의 67%가 되는 셈이니 그 규모를 짐작하게 한다. 방조제에서 바라보는 넓이는 까마득하다. 지금은 계획을 수정하여 농지를 줄이고 산업과 관광, 상업, 주거, 환경 생태연구지를 늘려 추진한다 하였다.

10년이 흐른 현재 절반의 땅이 드러난 곳에 유채꽃이 피고 함초가 가득했단다. 계획대로 기반시설이 들어서면 첨단지역으로 탈바꿈될 것이다. 뽕나무 밭이 변하여 바다가 된다 했는데 바다가 변하여 황금을 일궈내게 될 터이기에 한껏 부풀어 있다. 호랑이를 상징하는 우리나라 지도는 배불뚝이 지도로 변해 초등학생도 그리기 쉬워할 것이기에 그 또한 반가운 일이다. 새로 탄생되는 땅에 어느 한 곳이라도 동화 같은 마을이 조성되어 우리의 어린 날처럼 한 무리의 아이들이 마음껏 뛰놀며 무지개를 수놓는 모습이었으면 좋겠다.

나는 여행할 때마다 작은 기쁨을 만들어서 스스로 즐긴다. 가령 과수원 울타리의 탱자나무 사이에 끼인 암탉을 본다거나, 마술을 한다며 낡은 나침판을 들고 적도를 한 발 건너 넘나들면서 손을 벌리던 소년으로 하여 즐거워하듯이.

행사 첫날밤, 300여 명의 틈에 끼어 배정된 호텔 방에 들어갔다가 이미 자리를 차지한 분들로 하여 두 번이나 남의 집에 잘못 들어간 까치처럼 쫓겨났다. 나의 처지가 된 분들이 카운터에서 한참이나 걸려 재배정되어 올라가고 기운이 바닥난 채 마지막 남은 두 분과 승강기를 탔다. 전화위복이라 했던가. 한마디 말도 건넨 적이 없던 우리는 소주 한 병과 오징어 한 포로 자정을 넘기며 정담을 나누는 기회를 가졌으니 이런 즐거움이 어디에 있겠는가. 사람은 관계가 중요하다 했다. 그러기에 수필의 날 행사 때마다 명함을 주고받으며 우정을 쌓거늘, 우리는 밤을 같이 지내는 인연으로 자연스러운 관계를 맺게 되었다. 그때의 사진작가 윤중일 님은 이미 역사가 된 행사 모습을 한 소쿠리나 담아 보내왔다.

나는 이번 문학기행 동안 이동하는 버스의 옆자리에 앉았던 아리따운 여인으로 하여 행운을 누렸다. 그녀는 얼마 전 하늘이 내려앉는 고통을 당해 헤어나지 못할 정도였으나, 이젠 훌훌 털어내고 현실에 충실하기 위해 노력한다 하였다. 잠시의 인연으로 유람선에서는 차가운 바람이 스며든다며 내 목에 스카프를 매어주는가 하면, 도시락을 챙겨주고 간식도 제공하는 정성을 쏟았다.

이틀간 그림자처럼 동무해주며 살펴준 배려는 가슴 깊이 저장될 것이다. 몸에 밴 그녀의 성품으로 이미 많은 사람들이 나와 같은 감동을 받았으리라. 마음이 고와야 생활이 아름답고 생활이 아름다워야 좋은 글을 쓴다던 어느 분의 말처럼 그녀는 마음이 곱기에 글도 좋은가 보다. 내년 수필의 날까지는 까마득하지만, 또 다른 기대를 하며 모란을 기다리듯 그날을 고대하련다.

김용대
1994년 『한국수필』 등단
전) 경기한국수필가협회장
경기헤럴드 신문사 칼럼니스트

사대천왕 군산문학기행

김윤승

6~7년 전 대전대 철학박사동문들과 지도교수를 모시고 김제 망해사를 구경하러 간 적이 있다. 그때 지도교수는 평소 잘 알고 지내던 송월주 스님을 우연히 망해사 마당에서 해후하여 반갑게 인사하고 단체로 기념촬영을 하였다. 망해루에서 망망대해 바다를 바라보고 저 멀리 새만금 방조제로 바다가 막히어 사라질 운명을 안타까워하였다. 바다가 새만금에 매립되어 망해간다며 망해사에 빗대어 농담하였다. 말도 많고 탈도 많고 목숨 바치며 반대하던 새만금사업이 지금은 성공적으로 바뀐 것 같다.

제16회 수필의 날 군산행사가 2016년 4월 29~30일에 열렸다. 혼자 차를 몰고 익산장수고속도로를 통과하여 전군가도를 지나며 지리산문학관에 부설한 사봉시조기념관의 주인공 장순하 시조시인의 교과서 수록 시조 「고무신」 시를 읊조리며 달렸다.

눈보라 비껴 나는 全 - 群 - 街 - 道 -/퍼뜩 차창車窓으로 스쳐 가는 인정人

情아!/외딴집 섬돌에 놓인 하나 두울 세 켤레

이제는 선군가도에 고무신 보이는 섬돌집 따위는 없다. 인정이 메말라가
는 산업화 시대의 반영이다.

군산예술의 전당에 도착하여 기다리니 막 서울에서 내려온 버스 6대가
계속 주차장에 들어왔다. 내리는 수필가들과 함께 소강당을 찾아 들어갔다.
수필의 날 기념행사는 수필의 날 운영위원회가 주관하나 위원장을 한국문인
협회 수필분과회장이 겸임하기 때문에 한국문협 행사라고 해도 과언이 아니
다. 군산에서 열리는 한국문협 행사에 군산 출신의 시인 문효치 한국문협 이
사장이 참석하고 축사함은 당연한 것인데 고향에서 수백 명 수필가가 우러
르면 개인적인 보람도 있을 것이라고 생각해본다.

수필의 날 군산행사 문학기행의 백미는 한국문협 이사장 문효치 시인의
생가 방문이다. 문 시인의 생가는 전통적인 양반 동네로 남평문씨 집성촌이
다. 효자 열녀비가 산재되어 있고 문 시인의 「고향송」 시비도 우람하게 서 있
다. 여기에도 좌우대립의 상흔이 남아있다. 어려운 가정환경을 뒤로하고 문
학적 성취를 이루고 한국문단의 수장 자리에 오른 문효치 시인은 존경받을
만함을 느꼈다.

군산은 소설가 채만식蔡萬植(1902~1950)의 고향으로 채만식문학관이 일

찍 2001년에 세워져 2009년에 방문하고 지리산문학관 개관기념 한시집『지리산문학관33』에서 한시로 읊은 바도 있다. 채만식만큼 유명하진 못하지만 아니 묻혀진 존재로 월북 소설가 이근영(1909~1985)이 있고 시인으로는 고은高銀(본명 고은태高銀泰, 1933~)과 문효치文孝治(1943~)가 있다. 넷을 묶으면 군산문학의 사대천왕이라고 하겠다. 한 고을에 이같이 문학적 성취를 이룬 사람들이 있다는 것은 얼마나 훌륭한 자산인가, 자랑인가, 보배인가, 보람인가.

고은은 수원에서 기념하니 논외로 하고 군산의 문효치 시인 생가에 문효치문학관이 세워질 것이다. 그 약력에 꼭 지리산문학관이 2013년에 수여한 인산문학상 수상 경력을 표기하길 바란다. 그래야 보람을 느낀다. 문효치 시인은 2009년 지리산문학관이 제정한 인산문학상 제1회 시상식 때 강희근 교수에게 심사위원장으로 시상하였고, 2013년에는 본인이 수상하였고, 2015년에는 한국문협 이사장으로 지리산문학관을 찾아 지리산시낭송대회 심사위원장으로 축사도 하는 등 인연이 깊다. 조선 시대에 서원을 세우듯 현대는 문학관을 세워 기념해야 한다. 문효치문학관은 군산의 새로운 문화유산, 관광자원이 될 것이다.

다음 날 아침 동국사를 관람하였다. 일제강점기 때의 일본식 사찰로 유일하게 남아있다. 일제 잔재라고 헐어버릴 수도 있고 없고, 극렬분자라면 당연히 일제청산 외치며 불 질러버릴 것이다. 극단적 사고는 문제이긴 하다.

비응도로 가서 배를 타고 선유도를 둘러보았다. 주마간산이 아니라 주주간산走舟看山이다. 선유도의 주주인가. 친구가 군산대 철학과에 있는데 새만금 인문학사업을 주관하여 선유도의 최치원 신선놀음을 모티브로 하여 신선학교를 세우고 교장으로서 신선 체험 교육을 시키고 있다. 중국의 신라 신선 김가기의 종남산 유적까지 학생을 인솔하여 답사하니 대단한 일이다.

선유도는 신선이 논 섬이라는 지명이다. 그 신선이 최치원이라는 것이다. 선유도와 새로 연륙되는 신시도에 '최고운 선생이 노닌 곳'과 '월영대'가 고군산진 고지도에 표기되어 있으니 소설에 바탕한 지명이 아닐까 생각한다. 군산시는 옛 옥구군이다. 군산시 옥구읍 상평리에는 자천대紫泉臺라는 최치원이 놀던 누정이 있다. 그 가까이 최치원이 태어난 곳이라는 내초도도 있다. 선유도를 배 타고 둘러보니 신선이 놀았는지 놀고 있는지 놀다 갔는지 놀 만한 곳인지 알 수가 없어 답답하였다. 배를 세워 산보 좀 시키고 다시 태웠으면 좋았을 듯싶다. 무슨 무슨 길 걷기가 대세인 시대 아닌가.

일행은 새만금기념관을 보러 간다고 버스에 오른다. 창원에 사는 한국수필가협회 명예이사장 정목일 수필가와 따로 가기로 하고 일단 출발하였다. 나의 목적대로 동의를 얻어 옥구향교로 향했다. 옥구향교는 여느 향교와는 판연히 달랐다. 규모도 크고 구성도 복잡하였다. 옥구향교는 문창서원, 단군성묘, 자천대, 세종대왕숭모비, 현충사 등 다양하게 구성되어있다. 세종대왕숭모비가 왜 여기에 있는지 설명문이 없어 몹시 궁금하였다. 담 밖에 옥산서원이 있다. 앞마당엔 선정비도 모아놓았다. 볼 게 많은 향교다.

오늘의 목적지 문창서원을 참배하였다. 문창후 고운 최치원 선생을 향사하는 곳이다. 위에서 말한 자천대가 있다. 자천대를 보러 온 것이다. 자천대(紫泉臺)현판은 붉은 샘이라고 하였는데 1530년(중종 25)에 편찬된 『신증동국여지승람』에는 자천대(紫遷臺)라고 하여 글자가 다르다. 신라 시대엔 천(遷)자가 벼랑길을 가리키니 해안가의 높은 석대로 붉은빛을 띠어 자천대(紫遷臺)라고 하였을 것이다. 지금은 군산공항에 편입되어 사라진 곳으로 정자만 이곳으로 옮겨놓은 것이다. 자천대 가까운 내초도가 최치원이 탄생한 곳이라고 한다. 과연 그러한가.

그 당시 자천대에 올라 고운 최치원 선생은 어디를 바라보며 무슨 생각을 했을까. 그 시점이 언제일까. 안내판에는 중국에 유학 가기 전에도 귀국한 뒤에도 올라 독서하였다고 하였다. 얼마나 그리했을까. 궁금한 것이 많은데 어디 물어볼 데가 없고 답해줄 이도 없다. 답답하다. 석가모니 같은 신통력이 있어 꿰뚫어보면 얼마나 좋을까. 서화담이 학도불의지쾌활學到不疑知快活, 학문이 의심하지 않는 단계에 이르러 쾌활하다고 하였는데 언제쯤 내게도 쾌활할 날이 올 것인가. 갑갑하다. 갑갑한 속 시원하라고 차창을 열고 달린다.

김윤숭
한국문학관협회 감사, 한국사립문학관협회 이사, 지리산문학관 관장
사단법인 한국수필가협회 부이사장

수필의 날이 안겨준 〈영원한 군산〉

김철규

1.

전국에서 모여든 수필인들은 군산에 새로운 문학의 씨앗을 뿌렸다. 한 사람 한 사람의 아름다운 마음에 〈영원한 군산〉이라는 장르로 새겨진 무늬는 끝없는 서해의 수평선처럼 펼쳐질 것이다.

지난 4월 29~30일 2일 동안 제16회 수필의 날 운영위원회(위원장 지연희 한국수필가협회 이사장)는 군산 예술의 전당에서 본 행사를 개최하고 일본의 쌀 수탈 현장인 군산이라는 질곡의 역사를 돌아보았다.

서울을 중심한 전국 각지의 수필인 5백여 명은, 첫날 항도 군산을 찾아 매년 겨울이면 수백만 마리의 가창오리 등이 찾아드는 철새의 군무현장인 금강 하굿둑 철새조망대를 돌아본 뒤 우리나라 문학의 역사 중심을 지키고 있는 백릉 채만식문학관을 조명했다.

인생의 희비 속에서 수려한 문장으로 일제강점기의 군산을 무대로 빚어지는 사회적 현상을 잘 그려낸 「탁류」 외 1천여 전시작품을 보고 채만식의 문학세계를 짚어 보았다. 이들은 군산의 특산품으로 알려진 《(유)내고향 씨푸드》 직영점 계곡가든에서 맛깔스럽고 특유의 맛을 자랑하는 특허 음식인 꽃게장으로 오찬을 즐기며 "어떻게 이런 꽃게장 요리가 있느냐."며 감탄의 한마디씩이다. 흐뭇한 표정들이다.

쌀 수탈현장인 구항만 구역에 위치한 근대역사박물관을 관람한 문인들은 군산의 근대역사의 현장을 확인하면서 '사실'이라는 인정과 '저럴 수가 있느냐'는 부정의 두 갈래로 보는 견해들이다. 그러나 이러한 역사가 바로 우리의 근대문화역사라는 데는 인식을 같이하고 있다. 특히 항구도시라는 특성을 새롭게 인식하며 실감 나는 현상을 본다는 의견들이다.

충분한 시간을 갖고 항만 부잔교를 비롯한 당시의 군산세관, 조선은행, 철도시설, 미곡창고 등 시설물과 부근의 환경까지도 돌아보았어야 하는 데 그러하지 못한 점은 못내 아쉬움으로 남았다.

근대역사박물관을 벗어난 문인들은 군산의 대표적인 일본식 가옥을 돌아보았다. 70대 이상은 이런 형태의 일본식 설계의 가옥들을 보아왔지만 군산의 개항과 함께 부(富)를 누리던 일본인들은 전형적인 일본 본국의 건축양식을 살리면서도 지배계급의 내부시설에 놀라지 않을 수 없다고 한다.

오후 4시부터 시작한 본 행사는 문동신 시장을 대리한 김양원 부시장과 (사)한국문인협회 문효치 이사장, (사)국제펜클럽 한국본부 이상문 이사장 등

한국문단의 대표적 인사와 전북의 전북일보 전 사장 김난곤 전북수필가협회 고문(시인)등이 참석하여 수필의 날을 축하했다. 수필의 날을 총지휘한 지연희 운영위원장(한국문인협회 수필분과회장)은 인사말을 통해 한국수필문단의 역사를 군산을 중심으로 새로운 지평을 열어가자고 강조했다.

1박을 하는 문인들은 군산의 밤거리 시가지를 돌아보며 일본식 가옥들이 아직도 곳곳에 남아있는 흔적들을 보면서 옛 군산의 일본식 거리와 지금의 변화된 시가지를 비교하면서 일본인들이 활개치는 모습을 연상했을 것이다. 또한 금암동 쩨보선창을 아는 문인은 선창가 앞 금강하구에 있는 등대의 깜빡거리는 불빛을 보면서 이곳이 바로 뱃고동소리가 울리고 비린내 나는 어시장(경매장) 정경의 무대라는 사실도 알았을 것이다.

일행들은 조식 후 일본식 사찰로 유명한 동국사를 관람한다. 당시 조선총독부의 불교문화까지 식민지화하려는 획책의 일환을 실감하면서 대웅전 앞마당 한쪽에 만들어진 위안부 소녀상을 보곤 일본의 만행에 "이놈들" 하며 분노하는 모습들이다. 특히 호남의 쌀을 수탈해간 현장이 군산이라는 사실과 동국사의 창건과 소녀상 등을 보는 문인들은 '군산은 과연 어떤 곳이었을까' 하고 질문을 던질 수밖에 없다.

나는 이 부분에 대해 바닷물이 삼각지 교차점에서 소용돌이치는 모습을 상상해 보았다. 군산의 정체성과 그의 파장에서 오는 사회적, 정치적, 시민의식의 갈피의 방향은 어느 곳이냐는 자문을 하지 않을 수 없는 문제다. 순간

내 머리는 '멍'해져 버렸다.

2.

한국문인협회 문효치 이사장의 고향이 군산이라는 데서 전국의 수필가들이 참가 의사를 더욱 적극적으로 표시하지 않았나 생각한다. 군산시 옥산면 남내리에 소재한 문효치 이사장의 생가를 찾았다.

조용한 아침 농촌 마을에 대형 관광버스 7대로 4백여 명이 들이닥치자 온 동네가 들썩거린다. 사람들만이 아니라 꽹과리, 장구, 징 등 풍물 굿 소리는 천지가 떠나갈 듯 흥을 돋운다. 이 마을을 지키고 있는 문 이사장의 대부벌인 문정식 마을 지도자가 마련한 자리다. 대한민국 문맥의 최고지도자인 문효치 이사장의 생가를 찾는 전국의 문인들을 환영하기 위해 마을 부녀회가 중심이 된 농악단이 나와 퍼레이드를 벌이는 것이다.

한순간에 1천여 평에 이르는 본채 앞 넓은 마당 잔디밭을 비롯 주변에선 기념사진을 촬영하고 이곳저곳을 살펴보는 문인들은 문 이사장 소년기의 인간 체취體臭를 더듬는 모습들이다.

농촌의 한 마을에 이처럼 전국의 문인들이 모인 것은 마을 역사상으로도 처음 있는 일이지만 군산시 전체에서도 쉽지 않은 일이다. 농악단의 음악에 흥이 난 문인들은 농악단 속에 끼어들어 함께 덩실대는 어깨춤을 추어댄다.

문 이사장과의 기념촬영은 너나없이 빠지지 않으려고 카메라 앞을 가로 막는다. 특히 문효치 이사장의 고향그리움의 기념 시비 앞에서는 순번을 기다려야 할 정도가 됐다. 모두는 문 이사장의 증조부이신 性齋 文鍾龜(성재 문종구)선생의 일가가 살아온 역사의 현장을 살펴면서 당시 옥구의 대 부호였음에 실감한다.

한 시간여 동안 머무른 모두는 남내리 마을을 뒤로하는 아쉬움을 남기며 비응항으로 발길을 돌렸다. 11시에 고군산 군도를 유람할 월명유람선(회장 지명수)에 모두 승선을 해야 하기 때문이다.

3백 명이 승선하는 대형 유람선은 지명수 회장(68)이 수필의 날에 참여한 문인들을 위해 입장료 6백만 원을 쾌척함에 따라 이날 유람을 하게 된 것이다. 서해의 파도를 가르며 고군산 군도 일대를 두 시간에 걸쳐 선유팔경을 비롯 촘촘히 둘러앉은 서해의 보고로 알려진 각 섬마다의 풍광에 시취함이 역력하다.

시심詩心과 수필의 무대를 만끽하는데 조용한 감성들이 멈추지를 않는 표정 그 자체만으로도 한 편의 작품을 이루어 내고 있다. 그런가 하면 유람선에 승선하면서 배정받은 점심 도시락으로 선상 오찬을 즐긴다. 전영구 사무국장의 사회로 시작한 선상 시낭송과 오락을 즐기는 문인들은 유람선의 밖과 안에 눈을 돌리느라 바쁘기 한이 없다. 한 편의 드라마와 같은 이 날의 유람은 참여한 문인들의 마음과 잔영이 뇌리에서 지워지지 않으리라.

비응항에 무사히 안착한 일행은 마지막 코스인 새만금 제방을 따라 부안에 위치한 홍보관을 찾았다. 이곳에는 3층에서 내려오는 첫 번째 대형 기공식 사진이 전시되어있다. 테이프커팅을 하는 이 사진 속에는 당시 노무현 대통령과 필자인 김철규(당시 전라북도 의회 의장) 사진도 함께 있다. 이 사진을 본 문효치 이사장과 지연희 운영위원장 등 일행은 이를 보면서 "대단한 사진이네요." 하며 내 얼굴을 바라본다.

천지개벽을 이룬 새만금내측(제방안쪽)과 외측(바깥서해)을 함께 감상하는 일행은 한반도의 국토변화에 감탄과 눈이 휘둥거려지는 모습들이다. 국토이용에 따른 국가발전에 놀라움들을 그치지 않는다. 그동안의 과정을 담은 사진과 미래설계에 희망의 설렘을 담아 보인다. 비응항에서 부안 변산반도의 대항리까지 34km의 방조제를 왕복으로 달린 문인들은 새만금에 대해 어떤 마음들을 담고 귀향들을 했을까하는 생각도 해보았다.

이곳 새만금은 필자가 전북일보 기자로 재직 중 1978년 우리나라에서 최초로 국토확장과 식량 안보 차원에서 서해안의 대단위 간척지를 만들자는 기사를 쓰기 시작한 것이 오늘의 새만금이라는 데서 필자는 '새만금' 말만 들어도 감회를 떨칠 수가 없다. 수필의 날 기념행사로 군산을 마음에 담은 전국의 문인들과 준비에 발을 동동 굴린 지연희 위원장의 모습을 보면서 필자는 생애의 한 페이지를 장식했다.

대회를 성공적으로 마칠 수 있도록 협조를 아끼지 않은 송하진 전북 도지사와 문동신 군산시장, 이성일 전북도의회 문화건설안전위원회 위원장께 감사함을 전하며 문학이 살아 숨 쉬는 군산이 되기를 바라는 마음이다. 마음에 새겨진 〈영원한 군산〉을 생각하면서….

김철규

1941년 군산출생, 경희대학교 법률학과.
전북일보 편집부국장/논설위원, 전라북도의회 의장, 금융결제원 상임감사.
군산문인협회 제정 군산문학상 운영위원장,
『표현』문학 신인상 수상(수필부문)
국제PEN클럽 한국본부 회원, 한국문인협회 회원, 한국수필가협회 회원, 전북문인협회 회원, 전북불교문학회 회원, 군산문인협회 회원, 사)한국문인협회 군산지부 회장, 전북시.군 문인협회 회장 협의회 의장.
저서: 『아니다, 모두가 그렇지만은 않다』, 『평민은 언제나 잠들지 않는다』, 『바람에 묻어난 풀빛 같은』, 『인연』등 다수

염불도 알토란 되어　　김태식

　　채만식문학관, 동국사, 고군산군도 등 염불보다 잿밥에 관심이 많았다. 그만큼 군산에 대한 기대가 컸다. 첫째 날은 채만식문학관을 거쳐서 근대역사박물관을 둘러보고 예술의 전당에서 수필의 날 기념식으로 이어졌다.

　　평소 가보고 싶었던 문학관이었다. 반짝이며 흐르는 금강변 소나무 사이로 채만식문학관이란 글자가 보였다. 작은 인연이라도 맺고 싶어서였는지 내 이름 끝 글자인 심을 식(植)자가 유독 눈에 크게 띄었다. 그래서 선생은 원고지에 그 많은 글자를 심어놓은 것이었을까.

　　채만식 선생은 소설을 비롯해서 수필, 희곡, 동화에 이르기까지 다양한 작품을 남기셨다. 1930년대 암울한 사회 분위기 속에 군산지방을 배경으로 서민들의 얽히고설킨 삶을 풍자적으로 그린 장편소설 「탁류」가 대표작이다. 그렇지만 나는 수필가로서 이 기회에 선생의 수필작품을 대면하고 싶었다. 「유감」과 「백마강의 달 놀이」라는 수필이 눈에 들어왔다. 소장한 어느 화백의 유화 〈백마강변〉의 미루나무가 훤히 비추는 맑은 물이 인상적이어서 그랬는지 「백마강의 달 놀이」를 읽어보고 싶었지만 아직 작품을 구하진 못했다. 혼자서 왔다면 여유롭게 선생의 체취를 밟고 싶었지만 백화점 아이쇼핑하듯 건성건성 지나칠 수밖에 없는 것이 아쉬웠다.

이번 수필의 날 행사에는 전국에서 400여 명의 수필가들이 참여했다. 지연희 문인협회 수필분과회장의 개회사로 시작된 행사는 수필의 날 선언문 낭독과 올해의 수필인 상으로 이어졌다. 수상자 중 누군가 '수필은 어렵게 쓰고 쉽게 읽혀지는 글'이라는 말을 했는데 쉽고도 평범한 진리가 가슴에 와 닿았다. 수필집은 넘쳐나고 있으나 작품다운 작품이 없다는 말에 나도 특히 공감이 갔다. 반성의 시간을 가져보며 더욱 치열한 작가 정신으로 무장하여 글을 써야겠다는 각오를 다졌다. 이어서 유한근 문학평론가의 '군산문화에 술 속 한국수필'이란 주제발표가 있었는데 시간 관계로 요약발표 된 점은 조금 아쉬웠다. 곧이어 열린 '문학과 음악의 선율이 흐르고'라는 주제에 맞춰 수필낭송과 재즈보컬 그룹의 작은 음악회가 열렸다. 음악이나 문학이나 결국 추구하는 것은 아름다운 것을 찾아가는 것이 아닌가 하는 느낌이 들었다.

이튿날이 밝았다. 동국사로 가는 길에 흔치 않은 동네서점을 보게 되었다. 동네서점이 귀한 책과 같은 기분이었다. 분명히 서점 간판을 걸고 있는데 내부에는 편의점 물품들로 가득했다. 문우가 한마디 거든다. 마음의 양식이어야 할 책들은 어디로 이사 가고 육체를 살찌울 것들만 가득하냐고, 워낙 책들이 외롭고 고독한 세상이니 서점주인이 생계를 위해 앞에서 편의점 물품으로 손님을 끌고 그 뒤편에 책들이 진열되어 있지 않을까 하는 상상으로 마음의 위안을 삼았다.

동국사는 우리의 전통적인 사찰과는 전혀 다른, 일제강점기 때 지어진 한국 유일의 일본식 사찰이다. 굴곡진 아픈 역사의 상처를 지닌 장소지만 시간에 시간을 더하고 인간의 삶이 녹아내리며 근대 문화유산으로 보호를 받고 있었다. 정원의 한켠에 서 있는 '군산 평화의 소녀상'이 이곳과 대비되어 더욱 마음 아프게 다가왔다. 경내를 한 바퀴 돌아보며 그들은 왜 이런 사찰들을 이 땅에 건립했는지 그리고 어떻게 이용했었는지 곰곰이 생각하는 동안 버스는 다음 장소로 우리를 안내했다.

서울부터 동행한 문인협회 문효치 이사장의 생가를 찾았다. 마을로 들어서니 우리를 반기는 농악대의 농악 소리가 우렁차게 들려왔다. 마당 앞 조그만 연못 속 섬에 고고하게 서 있는 배롱나무가 인상적이다. 문 이사장은 자신의 생가와 부친에 대해 담담히 설명해 주셨다. 윤동주 시인이 연희전문학교를 다닐 무렵 같은 학교를 다녔는데 전쟁으로 인해 부친의 문학작품을 모두 잃어버렸다며 서운해하는 모습에 나도 공감할 수밖에 없었다. 생가의 공간을 거닐면서 군산 문화예술계의 바람을 넘어 문화예술에 많은 족적을 남긴 분들의 이야기가 가득한 문학관이나 기념관은 많으면 많을수록 좋겠다는 생각이 들었다.

자연이 만들고 인간이 즐기는 곳인 고군산군도를 돌아보기 위해 비응도 항을 향했다. 나눠주는 도시락을 한 손에 챙겨 들고 서둘러 전망이 괜찮을 만한 곳에 앉았다. 갯벌이 보이너니 바다가 열리기 시작하고 점점이 띠 있는 김 양식장의 부표들 사이를 가르며 외해로 나가니 아름다운 섬들의 모습이 나타났다. 얼마 지나지 않아 유람선은 이곳에서 경치가 제일 좋기로 이름난 선유도仙遊島를 돌아간다. 선유8경이 있을 정도로 아름다운 섬이란다. 이름대로 이곳에 머물면 바로 신선이 되는 것 아닌가 하는 생각이 든다.

불쑥 명심보감의 '일일청한 일일선_一日淸閑 _一日仙'이란 글귀가 생각났다. 하루 동안 마음을 맑고 깨끗하게 가지고 살면 오늘은 신선이 될 수 있다는 것이다. 매일 이렇게 살다 보면 바로 그가 신선이 되는 것이라 했는데…. 그곳을 지나며 마음을 다져본다. 고군산군도에서 바라보는 새만금방조제의 위용이 실로 거대하였다. 군산시와 고군산군도 그리고 부안군을 연결하는 방조제의 길이가 무려 33km라고 한다. 새만금전시관을 가면서 서해안 전체를 이렇게 연결해 나가면 우리나라도 꽤 넓은 나라가 되겠다는 다소 엉뚱한 생각을 하다 홀로 피식하며 웃었다.

수필가의 생일 같은 이번 행사는 내게 문인으로서 어떻게 살아가야 할지 새로운 각오를 다지게 하는 계기가 되었다. 지면을 통해서만 접하던 문우들과 얼굴을 맞대며 문우의 정을 느꼈다. 처음에는 잿밥에 관심이 많았지만 참여해보니 염불도 기대 이상이었다. 알토란 같이 속이 꽉 찬 수필의 날 행사였다. 이번 행사를 통해 보고, 듣고, 느꼈던 다양한 생각들이 앞으로 창작활동을 하는데 밑거름이 되리라 믿으며 서울행 버스 의자에 편안하게 몸을 기댔다. 바쁘게 다닌 1박 2일간 군산 세미나도 붉은 해와 함께 서해에 몸을 담그기 시작했다.

김태식
월간 『한국수필』 등단
한국수필가협회회원

순수 **gallery**

새만금 별똥별

군산에 가면

김학

군산群山은 내 젊은 날의 추억을 쌓아놓은 노적가리다. 거리거리 골목골목 내 발자국이 닿지 않은 곳이 없고, 나무 한 그루, 바람 한 점, 햇살 한 줌조차 나와 생경한 사이가 아니다. 오가는 사람들의 얼굴도 낯설지 않고, 창공에 유유히 흐르는 구름 떼마저 초면 같지가 않다. 높고 낮은 빌딩이며 눈에 잡히는 산마루, 그리고 밀려왔다 밀려가는 서해바다의 크고 작은 파도까지 온갖 추억이 엉겨 붙어 있는 곳이 바로 군산이다.

군산은 인구 28만 명 정도의 조그만 항구 도시다. 금강을 사이하여 손을 뻗으면 닿을 거리에 충남 장항이 마주하고 있고, 배를 타고 바다로 나가면 선유도를 비롯하여 온갖 전설과 설화로 얼룩진 17개의 유인도와 50개의 무인도가 서해에 바둑알처럼 놓여져 있다. 이름하여 천혜의 비경 고군산열도古郡山列島라 하던가.

굽이쳐 흐르는 금강의 물줄기가 서해와 맞닿은 곳, 아름다운 푸른 바다,

천혜의 수려한 경관, 풍부한 자원이 한데 어우러져 일찍이 찬란한 금강문화를 꽃피워 왔던 곳 군산… 나는 그런 군산을 애써 잊으려고 했었다. 군산은 정을 붙일 수 없는 곳이라고 폄하하기까지 한 적이 있다. 그러나 그것은 나의 속뜻을 드러내기 싫은 데서 오는 역설이었다.

내가 군산과 인연을 맺은 것은 1969년 9월이고, 군산을 떠난 것은 1980년 11월 말. 스물일곱 살 때 들어갔다가 서른여덟 살에 나온 셈이다. 내 인생의 황금기를 그곳에서 보냈다. 그러니 군산은 내 젊음을 송두리째 묻어둔 무덤이라 해도 과언이 아니다. 그때만 해도 천하는 내 손안에 있는 듯 호기에 넘쳤고, 전인미답前人未踏의 산정일 망정 단숨에 정상을 정복할 수 있다는 기개가 넘쳤다. 어느 것 하나 두려울 게 없었던 시절이다.

군산의 사계절은 아름답고 매혹적이다. 군산의 봄바람은 처녀총각의 가슴을 울렁거리게 하기에 충분하고, 월명공원의 벚꽃 무더기는 눈처럼 곱다. 월명공원에서 만나는 해풍은 짭조름한 바다 냄새를 싣고 오지만 더위를 식히는 데는 그만이다. 군산의 가을은 월명공원에서부터 비롯된다. 공원의 나무들이 군복을 벗고 제대복으로 갈아입으면 그때부터 군산의 가을은 열린다. 군산은 유난히 눈이 많이 내리는 고장이다. 눈부신 설국雪國이다. 함박눈이 내리는 밤, 월명공원은 인적미답의 데이트 코스다. 설익은 연인 사이일지라도 눈 쌓인 그 공원을 한 바퀴 돌아 나오면 농익은 연인으로 발전하기 마련이다.

오르락내리락 구배가 심한 월명공원에 눈이 쌓이면 조심스레 팔짱을 끼고 걷는다 해도 미끄러지고 자빠지기 십상이다. 연인끼리라면 자연스레 껴안거나 보듬게 되기도 한다. 그런 어간에 둘 사이의 경계는 허물어지고 마음과 마음에는 고속도로가 뚫리게 된다. 눈 내리는 월명공원을 거니노라면 마치 동화 속의 주인공 같기도 하고, 한국화 속으로 걸어 들어가는 듯한 환상에 빠지게 되기도 한다. 모름지기 삐걱거리는 연인이나 부부라면 일부러 눈 내리는 날을 맞아 월명공원을 찾아보라고 권하고 싶다.

군산은 연인들의 천국이다. 하늘·바다·물, 어느 쪽으로나 교통이 열려 있는 곳이다. 열차 여행을 즐기는 연인이라면 장항선이나 군산선 열차를 이용해도 좋고, 바다에 안기고 싶은 연인이라면 관광유람선을 타고 고군산열도로 빠지거나 도선장으로 나가 장항행 배를 타도 그만이다. 주머니가 넉넉한 연인이라면 비행장으로 나가 서울, 제주도행 가운데 어느 한 노선을 택해 여객기에 몸을 실으면 신선이 된다. 이처럼 열린 도시가 어디 그리 흔하던가.

옛날엔 볼 수 없었던 명물이 하나 생겼다. 이름하여 금강 하굿둑. 군산과 장항을 잇는 이 둑은 금강을 가로질러 축조된 것으로 길이가 무려 1,841m나 된다. 승용차를 이용한다면 담배 한 대 참이면 지나게 되지만, 그것은 낭만스럽지 못하다. 발목이 시리더라도 걸어볼 일이다. 가다가 힘겨우면 쉬어서 가고, 쉬면서 서해 낙조에 눈길을 주거나 잔잔한 담수호를 응시하노라면 절로 피로가 가실 것이다. 간단없이 불어보는 바닷바람은 등에 밴 땀방울을 닦아 줄 터이고.

지난 4월의 마지막 주말, 군산문인협회의 초대를 받아 전국수필의 날 행사가 열린 군산을 찾았다. 그때 불현듯, 군산의 옛정에 울컥 치밀어 오는 감격을 느꼈다. 개 바위 보듯 했던 군산이 나를 감싸주는 기분에 젖었다. 갑자기 콧날이 시큰해졌다. 막혔던 봇물이 터진 듯 내 안에 갇혀 있던 군산에 대한 그리움이 쏟아져 나왔다. 그건 예삿일이 아니었다. '뜨락'이라는 고전적인 식당에서 식사를 하면서 유교적인 가풍을 지닌 나의 외갓집을 떠올렸다. 잘 건사된 여섯 칸짜리 기와집이며 잘 가꿔진 정원, 그리고 정갈한 음식 차림 때문이었다. 벽에 붙어 있는 차림표에서도 나는 새로운 발견을 할 수가 있었다. '진지 한 그릇 1,000원.' 여느 식당이라면 '공기밥 한 그릇 1,000원'이라고 써 붙이는 게 예사인데, 그곳에서는 그렇지 않았다. "진지 잡수셨습니까?" 끼니때가 지나서 어른을 뵈면 으레 이렇게 인사를 했었다. 그런데 어느 때부터인지 이 고급스러운 '진지'란 단어가 사라져 가고 있다. 잊고 살던 일상의 어휘를 군산에서 다시 만나게 되었다.

집에 도착하여 새삼스레 국어사전을 들춰보았다. '진지'란 어른의 밥을 높이어 이르는 말이라고 풀이되어 있다. 나는 군산의 '뜨락'이라는 식당에서 처음으로 어른 대접을 받은 기분을 느낄 수 있었다. 말 한마디로 천 냥 빚을 갚는다더니, 낱말 하나에 이리도 기분이 좋아지는 일도 그리 흔치는 않을 듯하다. 군산에서 만난 '진지'란 낱말에서 군산 사람들의 전통적인 참 멋을 발

김학

견할 수 있었다.

군산은 무럭무럭 자라고 있는 신흥 도시이다. 역전의 명수 군산상고 야구부가 군산을 좋은 이미지로 널리 알린 바 있다. 그러나 군산은 이제 자력으로 21세기를 열어갈 서해안시대의 국제관광도시로서 거듭나려 하고 있다. 4천여만 평의 임해공단과 1억2천만 평의 새만금종합개발사업, 군산신항건설, 고군산국제항건설, 등의 대단위 프로젝트가 추진되고 있는 군산. 이 계획이 완성될 21세기의 군산을 그려보면 가슴이 설렌다. 그때 다시 군산을 찾더라도 내 젊은 날의 추억을 건져 올릴 수 있을까? 젊은 날 함께 거닐었던 S도 여태 군산에 대한 추억을 간직하고 있을까?

김학

1980년 『월간문학』 등단

전북수필문학회 회장, 대표에세이문학회 회장, 임실문인협회 회장, 전북문인협회 회장, 전북펜클럽 회장, 국제펜클럽 한국본부 부이사장 역임

전북대학교 평생교육원 수필창작 전담교수 역임, 신아문예대학 수필창작 교수

수상: 한국수필상, 펜문학상, 영호남수필문학상 대상, 신곡문학상 대상, 연암문학상 대상, 대한민국 향토문학상, 전주시예술상, 전라북도문화상, 목정문화상 등 다수

저서: 수필집 『수필아, 고맙다』, 『하여가 & 단심가』등 13권, 수필평론집 『수필의 맛 수필의 멋』, 『수필의 길 수필가의 길』

새만금의 소나타

김현찬

봄 날씨가 짓궂긴 하지만 행운의 좋은 날, 오랜만의 나들이라 기분이 상쾌하다. 제16회 수필의 날 기행은 군산시로 정해졌다. 가는 길도 순조로웠으나 금강철새조망대에서 철새는 날아갔는지 자취를 보이지 않고 조망대 입구의 커다란 모형 철새로 아쉬움을 대신한다.

에두르고 휘몰아 멀리 돌아온 물이 마침내 서해 바다에다가 깨어진 꿈이고 무엇이고 탁류째 얼러 좌르르 쏟아져 버리면서 강은 다하고 강이 다하는 남쪽 언덕으로 대처 하나가 올라앉았다. 이것이 군산이라는 항구요.

채만식은 소설 「탁류」로 맑던 물도 군산에 이르면 탁류로 변한다는 암시적인 표현을 통해 일제 수난의 역사가 서린 군산의 모습을 그렸다. 새만금(금강) 하굿둑은 채만식의 소설 「탁류」의 무대로 기념관은 그 부근에 정착한 배의 모습으로 세워져 있다. 군산이 배출한 근대문학의 거장 백릉 채만식蔡萬植(1902~1950)은 걸출한 풍자 작가다. 흔히들 우리 판소리계 소설의 전통을 계승한 작가로 해학에 김유정, 풍자에 채만식을 꼽는다. 그의 단편 「치숙」과 「논 이야기」, 「미스터 방」, 중편 「태평천하」 등에 낭자한 풍자는 그것 자체로 일가를 이룬다. 폐결핵으로 사망하기까지 단편, 중편, 장편소설 200여 편과 동화 수필 등 여러 장르에 무려 1천여 편이 넘는 작품을 남긴 다작의 작가이다.

1899년 5월 군산은 일제에 의해 강제 개항되었다. 조그만 포구였던 군산항이 부산, 원산, 제물포, 경흥, 목포, 진남포에 이어 일곱 번째 개항을 했다. 군산은 호남 곡창의 쌀을 일본으로 실어 나르는 거점이 되었다. 개항 당시 인구는 500명이 채 안되었지만 8,000여 명의 일본인이 건너와 소작인 조선인까지 북적이는 도시가 되었다. 전북의 최북단 도시 군산은 아직도 아픈 역사가 고스란히 남아있다. 근대 문화유산으로 지정된 구 세관, 은행, 일본인 가옥 등으로 일제 침략의 역사도 가늠하고 일본의 한 마을을 보는 듯한 느낌이다.

채만식은 만만찮은 친일 전력으로 『친일인명사전』 등재를 피해가지 못했다. 작가로서 일가를 이룬 그가 친일 협력의 길로 밀고 갔을까. '침략전쟁에 문학이 어떻게 봉사해야 하는가'를 주장한 채만식의 「전쟁문학론」은 그의 친일 행위가 일제의 압박만으로 이루어지지 않았음을 말해준다.

채만식은 전라북도 옥구에서 태어났고 본관은 평강, 호는 백릉과 채옹이다. 임피 보통학교와 경성의 중앙고보를 졸업하고 일본 와세다 대학 부속 제일고등학원 문과에 입학했다가 1923년 9월 관동대지진이 일어나 귀국하며 학교를 그만둔다.

1924년 12월 『조선문단』에 단편소설 「세 길로」를 발표하며 등단하고 1924년부터 1933년까지 『동아일보』, 대중잡지 『별건곤』, 『혜성』(뒤에 『제일선』으로 제호 변경)지 기자로 활동했다. 1932년 조선문필가협회 결성 시 발기인으로 참여했고, 『조선일보』 기자, 금광 브로커 등을 거쳐 1939년에 『매일신보』에 소설 「금의 정열」을 연재했다. 1939년 4월경 개성 송도중학교에 재학 중이던 이두신 학생의 사상 사건으로 약 두 달 동안 경찰서 유치장에 구금되었다. 같은 해 8월 『채만식 단편집』(학예사), 12월 『탁류』(박문서관)를 발간했다. 1940년 장편소설 「태평천하」를 공동 작품집 『3인 장편집』(명성사)을 통해 발표했다. 1941년 장편소설 『금의 정열』(영창서관)을 발간했다.

문필 활동을 통한 채만식의 친일 행위는 1940년부터 시작된다. 그해 7월, 중일전쟁 개전 3주년에 즈음해 『인문평론』에 발표한 「나의 '꽃과 병정'」에서 그는 일제의 중국 침략이 역사적 필연이라 강변하면서 침략 전쟁을 찬양한 것이다. 일제가 1943년 8월부터 조선인 징병제를 실시하기로 한 것에 대해서 여느 친일 문인과 마찬가지로 채만식도 이를 환영하고 감읍해 마지 않았다. 그는 징병제 시행으로 '내선일체'를 향한 길을 열어준 '천황의 시혜'에 대한 감격을 『매일신보』(1943. 8. 3.)에 발표하였다.

태평양전쟁이 계속되면서 1945년 4월경 고향으로 낙향한 후 농사를 지으며 소개 생활을 했다. 해방 후 상경해서 조선문학가동맹의 소설분과위원장을 맡았으나 곧 그만두었다. 이듬해 그는 다시 전북 이리(지금의 익산)로 내려갔다. 해방 후 1948년 『백민』에 게재된 단편 「민족의 죄인」으로 자신의 친일 행위를 반성하는 내용의 중편소설을 연재했다. 이 소설을 통해서 '비겁하거나 경제적인 이유'로 친일을 하게 되었다는 뉘앙스를 드러냈다. 일제가 주최한 강연회 등에 참석한 일에 대해 스스로를 '민족의 죄인'이라고 반성하여 한국 근대 문학의 절도 있고 양심 있는 작가로 바로 섰다.

> "용맹하지도 못한 동시에 영리하지도 못한 나는 결국 본심도 아니면서 겉으로 복종이나 하는 용렬하고 나약한 지아비의 부류에 들고 만 것이었다."
>
> — 「민족의 죄인」 중에서

채만식은 1950년 6월 11일 이리에서 지병으로 사망했다. 향년 48세. 1984년에 군산시 월명공원에 '백릉 채만식 선생 문학비'가 세워졌다. 1996년 「탁류」의 작품 무대인 군산 시내 세 곳에 채만식 소설비가 세워졌으며, 2001년에는 채만식문학관이 문을 열었다. 2002년 11월 군산 시내 다섯 곳에 소설비가 추가로 세워지면서 군산은 지역 전체가 그의 문학을 기리는 곳이 되었다. 2002년 채만식문학상이 제정되어 2003년부터 시상했다. 이 상은 작가의 친일 행위를 문제 삼은 시민단체의 반대로 1년간(2005) 중단되었다가 2006년부터 재개되었다. 군산 시내 곳곳에 세워진 소설비를 통해 시민들이 「탁류」의 서사를 삶 속에서 풀어가듯, 그의 문학이 친일의 오명으로부터 자유로웠으면 좋겠다.

채만식뿐 아니라, 일본 유학으로 창씨 개명할 수밖에 없던 윤동주 등 친일문인으로 이름을 올린 시인, 작가들을 제외하면 현대문학을 이룰 수 없다. 한 길 사람 속을 모르긴 하지만 시대가 그렇게 사람을 만들게 되는데 그것은 우리 문학의 한계이면서 우리가 반드시 넘지 않을 수 없는 체증 같은 과제이기도 하다.

제16회 수필의 날, 나라도 있고 세월이 조금은 좋아져 문인들은 수필의 날을 제정해 큰 잔치를 벌인다. 군산 예술의 전당 소극장인데도 예전 세종문화회관만큼 훌륭하다. 1부는 개회식과 시상, 2부는 수필 문학 세미나, 3부는 문학과 음악의 선율, 수필 낭송과 종합예술의 작은 음악회로 나뉘어 알찬 시간을 나눈다. 이번엔 군산문화예술과 한국수필로 역시 채만식의 문학작품을 토대로 유한근 선생님이 간략히 평론하셨다. 예년보다 깔끔한 진행이고 수필도 암송으로 무대를 새롭게 하니 암송이 자신 없어진 나이에 경이롭고 부러워진다. 조금 복잡한 식사 시간 후 숙소배정이 되어 11시에 각기 하루일정이 마무리된다.

만남의 의미는 무얼까. 수필의 날이 제정되어 우선은 전국의 수필가들이 만남의 시간이다. 그런데 각 문학회가 모이다 보니 행사 진행본부는 참 애로가 많다. 각 문학회 자체가 하는 작은 행사도 외부 참여자가 많게 되면 혼란이 있다. 이동 인원이 있어 서울 쪽에서 하게 되면 1박 2일 일정의 참여 인원 중 반은 지방 문인이 모이게 되고 지방의 가까운 곳의 1박 2일 일정은 움직이기 쉬운 점에서 서울 문인이 반 이상을 차지하게 된다. 이번에도 예외는 아니어서 신청을 해 놓고도 참석 못 한 문인이나 신청 안 하고 온 문인으로 인해 출발은 차량편성으로 옥신각신 지연되고 소수의 정해진 스태프들은 진땀을 뺀다. 서로를 위한 일이니 부득이한 사정은 있겠으나 약속했으면 이행하고 다른 사람의 입장을 조금씩 배려했으면 싶다.

둘째 날 아침 일찍 군산의 맛을 볼 수 있는 동리의 식당에서 골라 먹는 재미가 있는 맛난 아침 식사 시간이다. 동네는 토요일이라선지 한산하고 조용하니 낯선 곳에 온 듯 버스 6대의 세상이다. 근대역사박물관에선 일정시대 인력거도 타보고 동국사 가는 길은 문인들의 거리를 만들어 복잡한 서울보다 더 문학인의 운치가 느껴진다. 서울엔 적산가옥으로 철수해 버렸으나 인천이나 곳곳에 일본 가옥을 남겨 두어 차별화 된 느낌이 온다.

한적한 길로 들어서 지금도 손색없는 대부호로 보이는 집, 현역 문효치 문협이사장의 생가를 방문했다. 지금은 문화행사와 강습장소로 사용하는 군산시에 헌정한 집이다.

불면의 밤/ 뼛 속으로는/ 뜨신 달이 들어오고// 여기 체액을 섞어/ 허공에 환

장할 그림을 그리는 것/ 유난히 암내도 많은/ 남의 각시

　　　　　　　　　　　　　- 「각시붓꽃」 전문

　주변에 지천으로 자라고 있는 흔하디흔한 식물들의 이름도 소중하게 불러내는 문효치 시인은 칠십을 넘어선 나이에도 여전히 '줄을 타는 광대(「광대」)'라 불리기를 원하는 시인은 그렇게 특별한 이름을 부르고 있다. 「좁쌀냉이꽃」, 「층층이꽃」, 「멍석딸기꽃」, 「노랑어리연꽃」, 「각시붓꽃」에 이르기까지 그의 시를 통해서 생명이 있는 곳에 말이 있고, 이름이 있고, 존재가 있음을 새롭게 인식하게 된다. 신진숙 문학평론가는 "문효치 시인의 시에는 세속의 자리가 없다. 그는 언제나 더 격정적으로 삶의 순간들을 사랑하고 포착한다. 세속을 벗은, 숭고한 형태로 고양된 감정들이 그의 시를 이끌어가는 힘이다." 면서 "시인은 절대적인 비극과 그것과 마주한 강건한 자유의지가 부딪치는 긴장 속에서 살아가길 갈망한다. 하여 그는 생의 고통 앞에서 물러서지 않으며 당당하게 맞선다."고 평했다.

　군산 출생으로 1966년 『한국일보』와 『서울신문』 신춘문예로 등단했다. 시집으로는 『연기 속에 서서』, 『무령왕의 나무새』, 『백제의 달은 강물에 내려 출렁거리고』, 『백제 가는 길』, 『바다의 문』, 『선유도를 바라보며』, 『남내리 엽서』, 『계백의 칼』, 『왕인의 수염』, 『칠지도』, 『별박이자나방』 등이 있으며 수상도 많다.

군산시 김봉곤 문화예술과장은 개회식 축사에서 "군산은 근대소설가 채만식, 현대 한국문학의 거장 고은, 한국문인협회 문효치 이사장을 배출한 문학의 고장으로 이번 제16회 수필의 날 행사는 군산의 위상을 높이는 계기가 될 것"이라고 말했다. 생가 앞에는 고향을 생각하는 시비가 있고 문인의 역사가 우뚝 서 있다.

유람선으로 한려수도만큼은 아니지만 선유도와 야미도를 중심으로 한 고군산군도의 수려한 경관을 돌아보았다. 우리나라도 곳곳에 아기자기한 아름다운 곳이 많다는 걸 새삼 느낀다. 새만금의 현장을 보고 입이 딱 벌어진다. '새만금'이란 전국 최대의 곡창지대인 만경평야와 김제평야를 합친 만큼의 새로운 땅이 생긴다는 뜻의 말로, 만경평야의 '만'자와 김제평야의 '금'자를 따서 새만금이라 한다. 전라북도 김제시의 김제 · 만경평야는 예부터 '금만평야'로 불렸는데, 새만금은 이 '금만'이라는 말을 '만금'으로 바꾸고, 새롭다는 뜻의 '새'를 덧붙여 만든 말이다. 만경 · 김제평야와 같은 옥토를 새로이 일구어내겠다는 의미가 담겨 있다. 새만금의 명칭이 공식적으로 사용된 때는 1987년 11월 2일이다. 당시 정 부총리 주재로 열린 관계 장관회의에서 황 농림수산부 장관이 처음으로 군산과 부안 사이의 서해안 간척사업을 가리켜 '새만금 간척사업'이라는 이름을 공식 사용하였다.

새만금 개발 사업은 전라북도 군산시, 김제시, 부안군 앞바다를 연결하는 방조제 33.9km를 쌓아 그 안에 간척토지 283km², 호수(새만금호) 118km²

를 만드는 계획이다. 전망대에서 바라보는 현장은 끝없는 발전을 보여주고 2차례나 금지되었으나 벌려놓은 일이니 어찌하겠는가, 돌아오는 길 고속도로 넘어 멀리 언젠가 등산한 진안의 마이산 암마이봉과 숫마이봉이 눈에 들어온다. 자연은 수려하고 말 없는 노래로 그 모든 걸 보존하고 있다. 수필의 소나타인 듯.

김현찬
문파문인협회 회원, 현대수필문학회 이사
저서: 공저 『미끄럼 타는 접시』 외 다수

수필의 품에 안기다

김혜숙

사월 하순의 봄 풍경이 화사하다. 만개한 분홍 철쭉 사이에 하얀 철쭉이 눈부시다. 느티나무와 단풍나무의 새순도 꽃만큼 곱고 싱그럽다. 이 좋은 계절에 전국의 수필가들이 잔치를 치르러 군산에 모여들었다. 열여섯 번째 맞이하는 수필의 날을 자축하기 위함이다. 이전에도 서울을 비롯한 강릉, 여수, 경주, 수원 등 아름다우면서 역사와 전통이 어우러진 문화도시에서 생일을 맞이했었다. 이번엔 4백 명의 한국수필 문학가들이 군산 예술의 전당 행사장을 꽉 채웠다.

수필의 날 선언문이 깊은 여운을 남겼다. '…모든 고뇌와 기쁨이 정제되어/ 수필의 품에 뿌리를 내릴 때/ 우리의 삶도 빛날 수 있다….'고 낭독한 문장은 새삼스럽게 내 마음을 파고들었다. 그것은 내 이야기이기도 했다. 가슴에 꾹꾹 눌러 담아야 했던 슬픔. 소중하고 아름다운 얘기들. 수필이 아니었다면 사라졌을 그 얘기들은 수필로 인해 내 삶에 녹아들었다. 내 삶도 빛날 수 있도록 사람과 세상을 더 따뜻한 시선으로 바라보려 한다. 인문학을 더 가까이하고, 문화예술과의 만남도 더 챙겨보려 한다. 무엇보다 나를 돌아보는 기도와 명상의 시간을 더 많이 가지며 아름다운 생활인으로 거듭나는 수필가이길 다짐한다.

유한근 문학평론가의 '군산문화예술 속 한국수필'이란 주제의 세미나도 기억에 남았다. 군산문학은 신라 시대의 고운 최치원으로 거슬러 올라가고, 일제 강점기의 정만계와 차칠선 같은 시조시인에 이른다. 「만인보」의 고은 시인과 「탁류」의 채만식 소설가는 군산을 대표하는 문인이며 이 밖에 소설가 라대곤과 이근영 그리고 시조시인으로 김신웅, 이병훈, 심호택, 강형철이 전국적인 명성을 얻은 문인이라고 했다. 좀 더 시간이 할애되었더라면 하는 아쉬움은 있었으나 일정이 빠듯하여 어쩔 수 없는 듯했다.

이어서 작은 음악회가 열렸다. 색소폰, 드럼, 피아노 연주가 모두 대단했고, 재즈 가수의 기량도 인상적이어서 음악의 향연에 푹 빠져들었다. 문인들과 같은 공간에서 함께 즐기는 자체가 기분 좋았다. 박수를 유도하기 위해 어른 재롱둥이 두 사람이 무대에 튀어나와 연출한 퍼포먼스는 두고두고 기억난다. 우리는 손뼉을 치며 재미나게 웃을 수밖에 없었다. 행사가 끝나고도 한동안 머리에서 떠나지 않을 정도로.

이후에도 문학기행이 다양하게 펼쳐졌다. 금강철새조망대, 채만식문학관, 근대역사박물관, 일본식 가옥, 동국사, 문효치 시인 생가, 고군산열도 유람 등을 이틀 일정으로 소화했다. 좋은 곳을 되도록 많이 보여주려는 정성을 읽을 수 있어 좋았다. 나는 그동안 몇 차례 문인들과 함께 군산엘 가보았다. 군산의 속살인 골목골목을 누볐다. 영화 〈8월의 크리스마스〉 주 무대인 초원 사진관이며 해망굴, 월명공원, 군산 근대역사 박물관, 채만식문학관, 옛 군산 세관, 근대 미술관, 옛 조선은행, 부잔교, 진포 해양테마공원, 대한통운 창고, 일본식 가옥과 절 등을 찾아다녔다.

군산은 역사교육의 현장이었고 전시, 공연, 예술 공간이 많은 문화도시였다. 놀 거리, 볼거리, 먹을거리가 많은 관광도시이기도 했다. 새만금 관광단지, 고군산열도 등 섬 여행도 있어서 누구나 찾아오고 싶어 하는 매력적인 도시였다. 실제로 우리가 찾아간 곳마다 전국의 관광버스가 줄지어 서 있었다.

이 많은 곳 중에 내가 가장 주목한 곳은 채만식문학관이었는데, 그의 대표작품 「탁류」는 군산을 무대로 쓴 소설이다. 작품에서 그는 '금강에 흐르던 맑던 물도 군산에 오면 탁류로 변한다'는 암시적 표현을 통해 식민시대에 억눌린 암울한 시민의 삶을 풍자로 풀어냈다. 혼탁한 물결에 휩싸여 무너지는 가족. 계속된 불행 속에 살인을 저지르는 주인공 '초봉'. 시대의 탁류에 맞서는 정계봉과 남승재. 가난, 싸움, 간통, 탐욕 등 무질서의 격류 속에 휩쓸린 식민시대의 사회. 오죽 기가 막혔으면 작가는 서해로 합류하는 금강을 '눈물의 강'이라고 했을까.

금강 하굿둑이 바라보이는 곳에 세운 채만식문학관은 예전과 다른 모습이었다. 넓은 부지에 잘 가꿔진 백룡공원, 정박한 배 모습의 2층 건물인 문학관, 전시실과 자료실, 영상 세미나실이 있었다. 그곳에는 채만식 작가의 치열한 삶의 여정과 작품이 시대에 맞춰 파노라마 식으로 전시되어 있었다. 공원의 조경은 금강하구와 잘 어울렸고 문학 산책로에는 꽃길, 연못과 군데군데 세워져 있는 여러 정자와 알록달록한 감각적인 의자가 쉼터의 역할을 충분히 하고 있었다. 호남 곡창의 쌀을 일본으로 실어 날랐던 철도 일부를 옮겨와 문학 속의 현장임을 말해주고 있었다. 문우들과 함께 금강 하굿둑을 바라보며 공원 산책로 의자에 앉아서 사월의 공기를 마셔 보았다. 화사한 봄 느낌이 폐 속으로 들어왔다. 다시 돌아오지 않을 이 날을 마음에 심으려니 마음이 바빴다.

이렇게 아름다운 공간을 마련해 준 군산 시민, 채만식 문학을 기리며 향토문화예술을 알리고자 하는 이들. 고마웠다. 수필의 날 행사로 인해 작품으로만 알고 있던 작가를 직접 만날 수 있었고, 문학의 길을 함께 걷는 이들과 세상을 얘기하고, 문화예술을 만나는 기회를 공유하였다. 이렇게 문인을 많이 배출한 고장에서 떠오르는 영감으로 더 좋은 수필을 쓸 수 있겠지. 우리들의 잔칫날이 마무리되었다. 수필의 품에 푹 안겨서. 열일곱 번째 수필의 날이 기다려진다.

김혜숙
『한국수필』 등단. 한국수필가협회 부이사장.
수상: 한국수필상
저서: 수필집 『젊어지는 샘물』 『인연의 굴레 사랑의 고리』 『지금도 나는 초록빛으로 산다』
『나는 늘 여행을 꿈꾼다』

노태숙

새만금 방조제에 서다

　　서해 바다 끝 우뚝 선 전망대 위에 섰다. 눈 아래 펼쳐지는 고속도로 새만금 길이 한눈에 들어온다. 올라오는 길에 들었던 파도 소리는 내 나라 한국의 고동치는 심장 소리 같다. 군산 앞바다 쪽으로 듬직한 일직선 위상 도로가 서해를 관통해서 중국 대륙까지 진출하여 대륙을 안아 아시아에 태극기를 휘날릴 기세다. 하늘 위로 갈매기는 유유히 날고 서해바다는 푸른 청사진을 새만금 방조제에 힘껏 꽂고 있었다.

　　수필의 날을 기념하는 행사가 오늘 군산에서 열린다. 버스 6대로 나뉘어서 만원을 이룬 서울발 일행들은 붉은빛으로 상기된 얼굴들이다. 버스는 고속도로를 미끄러지듯 뽐내며 봄빛 속을 내 달렸다. 갈수록 꽃마차가 되어가는 우리나라의 봄 길을 달리다 보면 만개한 봄이 무르익은 과일들처럼 흐드러져서 온 산과 들과 길 들이 온통 고운 꽃길이다. 앞으로 몇 년 이대로만 가면 온 나라가 나무와 꽃으로 뒤덮일 것 같다.

수필의 날 행사는 해마다 의미 깊었지만 올해는 더욱 많은 관심 속에 진행되는 것을 느낄 수 있다. 풍요로운 정서를 가슴속에 품고, 키우고, 뿌려서 온 국민이 한 민족 자연의 정기精氣 속에 잠겨 버리게 되는 것 같다. 원대함을 품은 출중한 장부가 많이 나왔으면 싶다. 문인들은 어느 사람들보다 정서적인 면이 많기 때문에 자연을 벗 삼아 즐기는 모습이 남다르다.

남녀 일행들은 짝을 이루어 부산하지 않게 일렬로 정리된 채 속삭임의 언어로 주위 사람들을 배려한다. 손에 메모장을 가지고 안내자의 설명에 경청하는 자세가 좋다. 사바가 발아래는 아니었지만, 꽃가루는 날리고 봄바람은 향기롭고, 모두들 웃음 띤 고운 차림들이다. 문우들과의 걷는 길 옆에 모란꽃이 미소한다. 행사도 다양했고 음식도 호남의 진가를 마음껏 뽐내고 이 고장다운 구수한 사투리 속의 초저녁 바람이 감미롭기만 하다.

아침 일찍부터 버스는 바닷길 막힘 없는 방조제를 힘차게 달렸다. 이 좁고 좁은 한반도가 반쪽이 되어 세계 강국이 된 것만 해도 경이할 일인데, 끝없는 발전과 강국유지를 위해서 바닷속 까지 헤집어 엎어야 한다는 생각에 이르니 생각이 복잡해진다. 잡아먹히지 않기 위해 끊임없이 자맥질하는 모습이 어찌 보면 측은지심도 발동한다.

경제에는 별 관심 없던 내가 집안 사업의 부도로 헐벗은 빈털털이가 되어 거친 세상으로 밀려났을 때가 있었다. 20년 전 일이다. 한 달여 두문불출할 때 제일 먼저 깨달았던 게 '모든 책임은 내게 있다'는 것이었다. 어느 누구

노태숙

도 아닌 나 자신! 나의 책임이었다는 결론에 다다랐다. 비상구를 찾아 헤매다가 결국 절규의 울음보를 터뜨렸던 아픔의 날들이 있었다. 내 평생 그런 절규가 언제 있었을까.

사랑하다 못해 가여워 가슴에 껴안고 살았던 내 어머니를 잃었을 때도 나는 그런 절규의 울음보를 터뜨리지는 않았다. 경제의 파탄은 국가건 가정이건 거대한 쓰나미의 잔해만 존재 할 뿐이다. 경제가 무너진다는 것은 국가의 흥망성쇠와 존재 여부가 달린 문제이기에 '하느냐 마느냐' 선택의 여부가 없는 일 아닌가. 이 작은 나라가 영원 속에 우뚝 선 존재로 군림하는 길 앞을 의연한 지혜를 발휘해 나가리라 여긴다.

서해 바다가 남북으로 갈라진 양 방조제를 사이에 두고 어려움은 많을 것이다. 모두가 한마음은 아닐지언정 힘 모으고 마음 모으면 못 이룰 일 없으리라. 개인의 일이나 이 나라의 일이나 지나간 아픔은 저 광활한 바다에 수장해 버림이 좋으리라. 철없이 말썽부리던 어린 자식이 어느새 장성하여 멋진 어른이 되듯, 어느 틈에 우뚝 서버린 새만금에 기대해 본다.

저 드넓은 새만금 서해 바다 위에 펼쳐질 태극기의 위상을 미리 본다. 나의 경제가 조금 회복된 요즈음 느끼는 것은 모든 일이 '나'의 책임이요, 새만금 사업은 나를 포함한 이 나라 모두의 책임일 것이다. 젊음이 용솟음 치는 듯, 거대한 간척 사업이 광활한 군산 앞바다 나부끼는 깃발 아래 힘차게 진척되고 있다. 새만금 방조제 사업은 서해 바다에서 찾고야 말 보물섬 지도

일 것이다.

　태백산맥이 한반도의 등뼈이듯 새만금 사업은 중부지방의 또 하나의 곡창이자 경제의 산실이다. 방조제 끝 서쪽과 남쪽으로, 그리고 북쪽으로 우리 태극기의 위상은 힘차게 뻗쳐 나갈 것이다. 우리 국민의 심장이 뛰는 한 새만금 위업偉業은 살아 숨 쉬고, 이 나라 역사 위에 찬란히 빛날 것이라고 장담해 본다.

노태숙

2011년 시 등단, 2015년 수필 등단.
한국수필가협회 회원, 한국수필작가회 회원.
성악인.
e-mail: ts-noh@hanmail.net

문효치 시인 생가를 찾아서

명향기

수필의 날 행사를 위하여 군산에 갔다. 문인협회 수필분과 주최로 군산에서 열리는 수필의 날을 위해 전국각지에서 4백여 명의 회원들이 한자리에 모였다. 채만식문학관과 근대역사박물관 등을 차례로 견학하며 군산에서 배출된 많은 문인들을 돌아볼 수 있었다. 일제치하 군산시민들의 생활상과 열악한 환경에서도 글로써 일제에 대항하며 꾸준히 문학의 길을 걸었던 선대의 문인들을 만나며 글로써 민중을 깨우치기도, 독립을 외치기도 했던 선인들의 정신을 재발견할 수 있었다. 또한 우리나라에서 군산이라는 도시가 지리적으로 어떠한 중요한 위치에 있었는지를 다시 한 번 생각하게 되었다. 그럼에도 불구하고 우리나라에서 몇째 가는 도시라기엔 어색하리만치 아직도 낙후된 도시를 보는 것 같아 안타까운 마음도 들었다.

둘째 날에는 선유도와 새만금 방조제도 돌아보았다. 하지만 나에게는 문효치 시인의 생가 방문이 더 큰 의미로 다가왔다. 이제까지 많은 문학관을 방문하였지만 대부분은 고인이 된 분들의 생가와 문학관을 둘러보며 그분의 살아계실 때 이룬 업적과 작품 등을 돌아보는 기행이었다. 그런데 이렇게 살아계신 분의 생가를 직접 방문한 적은 없었기에 기대와 호기심으로 흥분하지 않을 수 없었다.

생가 입구에는 커다란 버드나무와 배롱나무가 가운데 있는 작지 않은 저수지가 있다. 그 두 그루의 나무는 세월을 말해주는 듯 큰 나무가 되어 지금도 여유로운 모습으로 자리를 지키고 서서 오가는 사람들을 지켜보고 있다. 그곳은 문효치 시인의 어릴 적 놀이터 역할도 했었다는데 저수지 앞으로 길이 나면서 크기가 반으로 작아졌다고 한다. 저수지를 옆으로 끼고 기와를 얹은 대문이 우리를 반긴다. 언뜻 보기에도 당시 그 집이 부호였음을 짐작케 한다. 대문으로 들어가려다 보면 대문 밖 오른쪽으로 커다란 돌에 문효치 님의 시비가 새겨져 있음을 볼 수 있었다.

푸른 들의 끝
여기 작은 집 모여 사투리로 하루하루를
엮어가는
전북 군산시 옥산면 남내리

이 검은 흙이 빚어져 얻은 목숨

처음으로 햇빛보고 바람소리 듣던 곳

조상의 영혼이 별빛으로 달빛으로 어둠 속에서 빛나
언제나 내 살 속은 밝았나니
그 살 속으로 흐르는 사랑이 그리움을 낳고
그리움으로 내 발길은 다시 여기로 올 뿐

세월이 흘러 길이 바뀌고
물 또한 막힌다 해도
삶과 죽음의 발길은 다시 여기로 올 뿐.

　　　　　　　　　　　　　　- 문효치 시 「고향송」 전문

　살 속을 흐르는 그리움의 발길을, 뿌리를 향한 귀소본능을 이렇게 한 편
의 시로 표현한 것이 아니랴. 처음부터 우리의 행사에 함께 동참한 문효치 시
인은 지금 한국문인협회 이사장이시며 우리나라 시단에 큰 획을 긋고 계신
우리나라의 대표 시인이다. 평소 그분의 시를 즐겨 읽던 나는 군산이라는 고
향땅 특히 남내리를 향한 그분의 남다른 사랑이 그를 백제시인으로 만든 것
이 아닌가 하는 생각이 언뜻 들었다. 그리고 이곳을 방문해보니 문효치 시인
이 그러한 걸출한 시인이 된 것은 우연이 아니었음을 알 수 있다. 할아버지와

아버지 모두 글을 짓는 문인이었고 사대에 걸쳐 집안에 글을 사랑하는 문인들이 많이 있었다고 한다.

고종 23년(1886년)에 마을을 휩쓴 콜레라로 인하여 문한규의 처 제주고씨는 아침에는 시아버지를, 오후에는 남편을 잃는 슬픔을 겪었으나 치가治家를 잘하여 큰 거부가 되었다. 1908년과 1911년에 나라에 큰 흉년이 들었을 때 가난한 친척과 마을 사람들을 구휼救恤하여 1917년 송덕비가 세워졌고 자손도 구휼에 앞장서 1930년에는 옥산 주민들이 숭덕비를 세웠다.

일제강점기에는 팔만 필지가 넘는 대부호로 기현농장을 운영했고 해방 이후에는 불운한 역사와 함께 어려움을 겪기도 했다. 문 시인의 증조부 문종구 선생은 옥산 초등학교의 부지를 희사하였고 조부 문원태 선생은 옥산저수지 축조 당시 방대한 땅을 제공하여 옥구군은 물론 저 멀리 군산 일대까지 식수와 농업용수를 공급하는 원천이 되도록 하였다. 2010년 군산시에 향후 이십 년간 천사백여 평의 대지와 가옥을 사용하도록 승낙하여 지금은 이곳에 마을을 위한 사업과 마을공동체 공간으로 자리매김하고 있다.

생가의 대문을 들어서니 징과 꽹과리를 치며 상모를 돌리는 농악대가 흥을 돋우며 돌아간다. 아마도 우리의 방문을 환영하는 문효치 이사장님의 배려인가 싶다. 백 년 세월의 두께를 안고 서 있는 생가는 누렇게 바랜 나무틀 사이로 회칠한 하얀 벽과 갈라진 틈 사이로는 붉은 흙이 배어 나오고 긴 툇마루를 함께 공유하며 일렬로 방들이 있고 풍화에 삭은 기와를 얹고 있는 집이었다. 삭은 기와들 사이로 떨어져 나간 기와 자리엔 검붉은 흙이 세월을 안고 삐죽 나와 있었다.

집 옆으로는 춘향이가 탔음 직한 커다란 그네가 높은 나무틀에 매어져 있다. 이곳에서 어린 시절을 보냈을 시인을 연상하다 보니 머슴의 시중을 받으며 응석을 부리며 놀고 있는 소년이 떠올라 픽하고 웃음이 나왔다. 아마도 이러한 산수 좋은 곳에서 유복하게 자랐기에 그리 섬세하고 정감 넘치는 시를 읊을 수 있었나 보다.

하루 사이에 시부와 남편을 잃는 어려움을 겪은 아녀자의 몸으로 가세를 일으켜 거부가 된 고조할머니의 기상과 그의 근원인 백제의 피를 이어받았기에 백제시인으로 불려 지게 된 것이 아닐까 하는 생각을 해본다.

넓은 마당을 빙 둘러 몇 채의 집이 더 있었고 대문 안쪽으로는 손님들을 위한 여러 채의 사랑방이 있었다고 하나 지금은 그가 태어나 자랐던 본채만 남아있고 마당의 가장자리 쪽으로 마을 공동체 사업을 위한 가옥들이 여러 채 새로 지어져 있다. 뒤뜰에 이는 대숲의 바람 소리와 그네, 우물 등은 옛 고택이 지녔던 흔적이라고 한다.

현재 고택의 본채에는 성재 문종구 선생(시인의 증조부)의 현판과 증손자인 문효치 시인의 현판이 나란히 걸려있다. 전체적으로 보아 넓은 대지 위에 선대의 조상들이 그러하였던 것처럼 마을의 번영을 위하여 애쓰는 문효치 시인의 사랑의 마음이 여기저기에서 진하게 배어 나오고 있었다.

때론 섬세한 감성과 아름다운 필치로 우리의 마음을 순수하고 평안하게 이끌어주고 때로는 예리한 통찰력으로 우리의 내면과 삶의 존재를 깨우쳐주는 문효치 시인은 분명 선대로부터 이어오는 문인의 자질을 본인의 무던한 노력과 사랑으로 화려하게 꽃피운 시인이다. 그것은 그의 깊은 내공과 그의 순수한 인간됨이 만들어 낸 결과이리라. 아직도 쉼없는 창작열로 우리를 감동시키고 있기에 모든 이에게 꾸준히 사랑을 받을 수 있는 것이라 여겨진다. 아울러 군산시와 면민이 서로 힘을 합쳐 우리나라를 대표하는 현존하는 문인을 기리는 일이 추진되고 있는 것도 자못 흐뭇한 일이 아닐 수 없다.

앞으로도 이처럼 모두에게 오랫동안 사랑받는 문인이 많이 나와서 피곤하고 지친 이들에게 위로와 안식처가 되고 아름다운 글을 통하여 이 사회가 더욱 밝아졌으면 하고 바라 본다. 아울러 문인이 가져야 하는 삶의 자세는 어떠해야 하는가 하는 질문도 스스로에게 던져보는 좋은 계기가 되었다.

명향기
본명 한명숙
『한국수필』 수필 등단, 계간 『시선』 시 등단
한국문인협회 회원, 한국수필가협회 회원, 별빛문학회 회원

문육자

군산, 그 품속엔

아들이 군산으로 내려가던 날은 눈이 흐벅지게 내리던 겨울
이었다. 근무하던 회사가 서울의 사옥을 정리하고 군산의 군장단지로 이사
했기 때문이었다. 낯선 땅, 조촐한 살림을 싣고 타이어조차 눈에서 빠져나오
지 못하던 그 길을 찬가슴으로 내려간 아들은 이제 군산 사람이 되었다. 군
산의 역사를 익히는 아들이 되었다. 나도 사계절을 군산에서 가장 먼저 만난
다. 어설픈 아들의 손이 꾸리는 생활이 대견함보다 마음을 저리게 하여 가끔
들르며 그곳을 익힌다. 그리고 군산 토박이인 듯 살아가는 아들에게 소리 없
는 박수를 보낸다.

'수필의 날' 행사가 군산에서 열린 날의 가슴 설렘을 잊을 수 없다. 군산
의 역사가 볕살 좋은 4월에 당사실처럼 풀려나오기 시작했기 때문이었다. 버
스가 가장 먼저 선 곳은 금강 하구의 철새 도래지였다. 겨울이면 머리꼭지에
초록의 반짝임이 두드러진 청둥오리의 수컷이 팜므파탈 여인을 흉내 내며

암컷을 데리고 으스대며 헤엄치는 곳, 먹이를 찾아 비상하는 가창오리의 모습에서 자유와 평화를 볼 수 있는 곳이다. 해마다 겨울이 문 앞에 오면 철새를 카메라에 담기 위해 들르는 곳이기에 언제 와도 그들이 반기고 있는 것만 같다.

다음으로 들른 곳이 채만식문학관이었다. 47세의 생애가 결코 평탄하진 못했으나 반어적이고 풍자적인 언어로 시대를 반영했던 작가의 문학이 고스란히 담겨 있는 곳이다. 오르는 한 계단 한 계단마다 그의 생애가 새겨져 있어 글에 대한 그의 열정을 엿본다.

> 마포 한 필 줄을 매어/ 들꽃 상여 끌어주오.
>
> > －채만식,「나 가거든」

그의 소박함을 엿볼 수 있는 비문이기도 하다. 그가 태어난 임피마을에 가면 일제 강점기에 미곡을 실어 나르던 기차는 유품이 되어 덩그러니 서 있고 임피역은 재현되어 문화유산으로 오는 객을 맞이한다.

군산엔 역사와 문화유산이 여기저기 흩어져 있다. 근대역사박물관에는 수탈의 역사와 옛날의 생활모습과 많은 사람들이 이용하던 가게들이 그대로 재현되어 거꾸로 가는 시간 여행을 할 수도 있다. 아픈 역사도 흘러간 과거도 새로운 창조의 밑거름으로 우리에게 온다. 부근엔 일제 강점기의 세관이 빨간 벽돌집으로 그대로 남아 있어 일본인들이 얼마나 많이 왕래를 했던가를 보여주고 있고 들어가 보면 압수된 물건들이 진열되어 있다. 세관 반대편에 남아 있는 부잔교는 조수간만의 차가 심해 배들이 부두에 정박할 수 없자 수위에 따라 높이를 조절하여 물에 뜨도록 하여 호남 곡창의 쌀을 일본으로 실어간 아픈 역사의 현장이다. 1934년에는 200만 석이 넘는 쌀이 나갔다고 한다. 부잔교를 보면서 그들의 정교한 기술에 놀랄 수밖에 없다. 아픈 역사는 가슴에 품지만 그들의 장점은 각성의 씨앗으로 삼아야 할 것 같다.

군산엔 일본인들의 흔적이 많이 남아 있다. 오래전 경암 마을에 갔을 때 희끗한 할아버진 공산품이며 곡식들을 기차로 운반하여 배로 실어간 흔적들이라고 경암동 철길마을을 소개하기도 했다. 지금은 기찻길 옆 오막살이들이 줄지어 있을 뿐이다.

일본인 가옥이 남아 있는 것도 군산의 한 면모이다. 포목점과 농장을 경영하던 히로쓰라는 일본인의 이층집이 그대로 남아 있다. 일본의 가옥 구조와 정원의 생김새를 충분히 엿볼 수 있는데 쓸모 있고 오밀조밀하게 만든 구조는 실질적이고 절약하는 일본인을 느끼게도 해 준다. 히로쓰 가옥 바로 곁에는 동국사라는 우리나라에 유일하게 남아 있는 일본식 사찰이 있다. 우리나라 개화기와 근현대사의 역사를 증명하는 건축물이자 식민지의 아픔을 확인할 수 있는 교육 자료이기도 하다. 안으로 들어가면 항일승려와 친일승려의 사진이 있는 것도 특이하다. 항일승려의 사진에서 반가운 얼굴 한용운 시인도 만날 수 있다.

　다음 날 들렀던 한국문인협회 이사장인 문효치 시인의 생가는 또 다른 의미를 지니고 있었다. 현재 활동 중인 시인의 생가이기 이전에 '남내마을' 공동체의 중심 역할을 하신 어머니의 장한 뜻도 함께 숨 쉬고 있었기 때문이다.

　뭍에서 돌아다니다 바다가 그리워질 무렵 비응항으로 갔다. 거기서 월명유람선을 타고 고군산열도를 한눈에 담아온 두 시간 동안의 바다의 일정은 가슴에 푸름을, 빛을 심은 시간이기도 했다. 바다 냄새가 오래오래 따라오고 있었다.

　바다를 안고 군산의 자존심인 새만금방조제로 달렸다. 잘 닦여진 도로는 희망으로 가는 길이었다. 군산시 비응도동에서 전북 부안군 대항리까지 33.9km의 방조제가 새로운 모습으로 탈바꿈하여 꿈을 실현하기를 간절히 빌었다. 군산의 염원이리라. 전북의 곡창지대를 끼고 있는 항구 도시 군산, 우리의 아픈 역사도 미래의 희망도 함께 안은 도시. 새만금 위에 우뚝 설 신선한 군산을 기대해 본다.

문육자
『한국수필』 등단
저서: 작품집 『바다, 기억의 저편』 외 5권
e-mail : theresia42@hanmail.net

근대문화 유산의 고장,
군산을 다녀와서

문장옥

　4월의 마지막 날, 근대문화 유산을 삽화처럼 안고 있는 군산에서 '수필의 역사를 짓다'란 현수막을 내 걸고 한국 수필의 날 행사가 있었다. 이 행사를 통해 선배 수필가님을 직접 만나 볼 수 있었고, 군산의 발전된 모습을 돌아볼 수 있어 감회가 깊었다. 군산 예술의 전당에서는 '신택환 수필가와 염정임 수필가'의 올해의 수필가상 시상식과 수필문학 세미나 시간이 있었다. 그리고 이어서 '수필낭송', '홍순달과 째즈 보컬 음악회'로 문학과 음악의 향연을 열어 잠시나마 흥겨운 축제시간도 누릴 수 있었다. 이 행사를 통해, 이천 년대에 이른 오늘날 한국 수필인의 새 역사를 '군산'이란 고장에서 모인 우리가 새로 만들고 있다는 생각이 들었다.

　사단법인 한국수필가 협회 이사장이신 지연희 수필가의 개회사처럼 나무로 만나 숲을 이루듯이 한 사람의 수필가는 미약하지만 많은 문학인이 모여서 이루는 힘은 혼탁한 세상을 밝히는 등불이요, 울창한 숲이 될 수 있으리라 생각되었다.

얼핏 '군산'을 생각하면 일제 강점기 시대에 전라도의 미곡을 모아서 일본으로 실어 나르던 항구였다는 사실이 떠오르게 된다. 더구나 요즘도 군산 시내를 한 바퀴 돌다 보면 다른 고장과 달리 히로쓰 가옥(일본식 가옥)이 눈에 많이 띈다. 그것을 바라보노라면 과거 일본인들이 이곳을 시발점으로 우리나라를 삼키고 정치적, 경제적으로 수탈하던 근대시대의 아픔이 절로 느껴진다. 그러나 지금은 이곳 군산을 무대로 일제 강점기의 혼란하던 사회상을 문학으로 낱낱이 그려낸 채만식 소설가의 정신을 기리는 문학관과 안중근 의사의 얼을 기리는 근대역사박물관이 이곳 군산의 얼굴이 되고 관광의 중요한 거점이 되고 있었다.

봄기운으로 꽃향기가 그윽한 이곳 문학관 정원에서 채만식 작가의 유언문 '나 가거든 손수레에 들꽃 가득가득 날 덮어주오/ 마포 한 필 줄을 메어 들꽃 상여 끌어 주오'란 피켓이 나의 눈길을 유난히 끌었다. 사진으로나마 남은 그의 해맑은 모습처럼 그가 남긴 이 짤막한 글귀 또한 세상적인 욕심일랑 눈곱만큼도 보이지 않는다. 이제나 그제나 이런 그를 흠모하지 않을 사람이 어디 있을까란 생각이 들었다.

또한, 결벽증이 다소 있었다던 채만식 작가가 남긴 일화로 남의 집에 가서 식사를 하게 되면 반드시 자신의 집에서 늘 사용하는 자기의 수저를 가지고 다녔다는 것, 글이 자신의 마음에 들 때까지 고치는 경우가 많아 원고지 한 장 분량의 초고를 쓸 때에도 10장은 기본으로 버리고 썼으며 사진을 찍을 때에는 정장에 웃는 포즈로만 찍었다고 한다. 이제라도 깔끔한 성품을 지니셨던 그를 다시 만날 수 있다면 내가 먼저 그에게 악수를 청하고픈 생각이 들었다.

중절모를 쓰고 하얀 이를 드러내며 활짝 웃고 계신 '백릉 채만식' 작가는 비록 한때 친일작가라는 오명을 쓰고 마흔여덟 나이에 폐결핵으로 요절하였지만 올 들어 그의 문학관을 두 번씩이나 문우들과 방문하게 된 나에게, 그는 참다운 문학인의 삶과 정신을 슬며시 일깨우고 계셨다. 진정한 문학인이란 그처럼 시대를 읽고, 시대의 아픔을 표현하고, 시대에 새 빛을 던질 수 있는 역량이 있어야 할 듯싶다.

군산에서 '히로쓰' 가옥 말고도 근대적 건축물인 '동국사'란 절에 가보니 일본에 건너간 느낌이었다. 검은색 기와로 된 대웅전, 작은 규모의 정원이 일본스런 느낌을 물씬 풍겼다. 이 절은 우리나라에 남아 있는 유일한 일본식 사찰이라는데 대웅전 좌측 종각 앞에 서 있는 '평화의 소녀상'을 보니 과거 일본사람들의 만행이 떠올라 울컥해지기도 했다. 참으로 아이러니하게도 일본 불교종단인 조동중 종무총장이 쓴 참회와 사죄의 글이 소녀상 뒤편에 있었지만 모든 일본인들의 대변자인 위정자들의 진심 어린 사죄가 하루속히 이루어져 현존한 위안부 할머니들의 피맺힌 한을 풀어 주었으면 하는 생각이 들었다.

현대 속에 근대가 공존하는 군산문학기행에서 귀가하던 날, 망망대해에 솟아 있는 선유도의 개발과 광활한 새만금 간척지를 지켜보면서 불운한 과거는 과감히 떨치고 새 시대를 여는 마음으로 발전해가는 군산처럼 우리 한국수필도 문학의 새 역사를 짓는 일에 큰 걸음을 내딛고 있다는 생각을 해보았다.

문장옥

『한국수필』등단
수상: 무역협회주최 공모 우수상, 후정문학상
저서: 작품집『행복정원에 들다』

근대역사 문화의 중심에서
수필을 짓다

박경옥

      고요한 항구 도시 군산에 바람이 불었다. 라일락 향기를 품은 수필 축제의 바람이다. 열여섯 번째 수필의 날 전국대회는 근대역사 문화의 중심지 군산에서 이루어졌다. 군산은 우리나라 근현대사의 흔적이 고스란히 남아 있는 곳이다. 일본의 잔악한 수탈의 흔적과 함께 군산 근대문학을 꽃피운 문학인들의 발자취까지 새겨볼 수 있는 문학 행사가 군산에서 열리게 된 것은 가슴 설레고 뜻깊은 일이다. 분명 1박 2일의 여정은 글쟁이들의 마음에 이 봄의 햇살만큼이나 달콤한 감성의 씨앗들이 심어질 것이다.

      전국 각지에서 모여든 수필가들의 콧잔등으로 군산 특유의 바다내음이 섞인 봄바람이 살랑거리는 시간, 금강 하굿둑에 위치한 철새 조망대를 지나 채만식문학관에 도착했다. 소설 「탁류」를 쓴 군산 출신 채만식 선생의 작가 정신을 기리고자 군산시가 건립한 문학관은 지역 문학인들의 문화공간으로도 활용하고 있다. 금강을 끼고 아름다운 산책로가 펼쳐져 있어 찾는 이들의 마음에 고요한 휴식을 선사한다. 문학관의 건물은 정박한 배의 형상을 하고 있어 항구 도시 군산을 상징하는 특별함이 느껴진다.

채만식의 「탁류」는 일제 강점기의 혼탁했던 사회상을 엿볼 수 있을 뿐만 아니라 문학적 배경으로 등장한 공간이나 장소들이 아직도 그 원형을 잃지 않고 군산 곳곳에 남아 있다는 게 큰 의미를 지닌다. 소설 속 정 주사가 서천 땅을 처분하고 똑딱선을 타고 들어온 뜬다리 옆 째보선창(이곳을 통해 곡식들이 일본으로 반출됐다), 그리고 가산을 탕진한 미두장, 둔뱀이 고개, 콩나물 고개, 군산세관과 조선은행 등 등장인물들의 심리나 욕망을 읽을 수 있는 흔적들이 고스란히 남아 있어 근대역사 여행을 하는 이들, 특히 문학인에게 그 맛을 더해준다. 시간이 허락지 않아 그 역사의 현장을 다 방문하지 못하고 아쉬운 발걸음을 돌려야 했다.

점심 식사를 하기 위해 군산의 명물 간장게장 집을 찾았다. 수백 명의 손님을 맞이하기 위해 차려진 식탁은 흐트러짐 없이 정갈하고 맛깔스러웠다. 모두들 질서 정연하게 자리를 잡았다. 식탁에 앉자 갑자기 허기가 밀려왔다.

노란 알이 먹음직스러운 간장게장과 꽃게탕으로 배를 채우고 화장실로 들어가자 화장실 입구에 일회용 칫솔과 치약이 준비되어 있었다. 모두들 환호성을 질렀다. 주인장의 센스가 돋보이는 순간이었다. 꽃게가 지닌 특유의 비린내를 말끔히 닦아내고 상쾌하게 근대역사박물관으로 향하는 우리들의 어깨 위로 오후의 봄 햇살이 싱그럽게 내려앉았다.

근대역사박물관은 군산의 근대사를 한눈에 보고 이해할 수 있도록 시대별로 전시해놓았다. 해양물류역사관, 어린이 체험관, 근대생활관, 기획전시실 등 오밀조밀 다양하게 구성되어 있지만 '1930년대 시간 여행'을 할 수 있는 근대생활관이 가장 인기가 많다. 군산에 있던 건물들과 동네 골목길까지 그대로 재현해 놓아서 마치 흑백필름을 돌려놓은 듯 아련한 추억 속으로 빠져들게 한다. 어릴 때 뛰어놀던 군산역과 영명학교와 형제고무신방, 집 근처에 있던 대한극장과 신발공장까지도 이곳에 오면 내 어린 날의 시간들이 멈추어 있어 발걸음을 떼어 놓을 수가 없다.

수필의 날 행사가 열리는 군산 예술의 전당에 들어서자 뒤늦게 도착한 수필가들이 서로 악수하고 포용하며 반가운 인사를 나누는 모습이 정겨웠다. 글을 쓰는 이들에게는 마음 안에 그리움의 강물을 키우고 있는지도 모른다. 일 년에 한 번씩 오작교가 되어주는 수필의 날 축제는 그래서 더 정겨운지도 모르겠다. 손과 손, 얼굴과 어깨를 껴안고 서로의 가슴에 키워 온 강물 소리를 들려주는 것은 아닐까. 일 년 동안 가꾸어 온 창작의 기쁨을 마음으로 나누는 이 축제가 있어 수필가들은 얼마나 행복한 사람들인가.

제1부 '한국수필문학 군산문화예술 중심에 서다'가 개회 선언과 함께 막이 올랐다. 한국문인협회 수필분과회장 지연희 운영위원장의 내빈 소개와 함께 전국에서 모인 많은 수필문학 단체들과 참석자 이름이 불려졌다. 지연

희 운영위원장은 개회 인사에서 수필의 날은 미래 수필문학의 지표를 세우는 만남의 날이며 작품과 이름만을 기억하다가 하나로 만나는 반갑고 정겨운 친교의 장이라고 하였다. 지역과 지역이 하나가 되고 사람과 사람으로 잇는 소통의 끈이 되는 아름다운 잔칫날이 되기를 바라시는 위원장님의 마음이 우리들 모두에게 전해졌으리라 믿는다.

김양원 군산 부시장과 김철규 문인협회 군산지부장의 환영사와 한국문인협회 이사장 문효치 시인과 국제펜클럽 한국본부 이사장 이상문 소설가, 전북도의회 건설위 문화위원장의 축사가 있었다. 이어 윤재천 수필가의 〈수필의 날 선언문〉이 낭독되었다. 해마다 낭독되는 선언문이지만 들을 때마다 새롭게 다가오는 건 나 혼자만의 생각이 아닐 것이다. 인류의 화해와 자연과 신과의 만남도 수필을 통해 이룰 수 있다는 선언문을 들으면 나도 누군가의 가슴을 울리고 포용해 주는 가치 있는 사람이 될 수 있다는 희망과 함께 수필가로서의 자부심이 다시 한 번 탱탱하게 일어서는 것을 느낀다.

올해의 수필인상은 신택환 수필가와 염정임 수필가가 수상했다. 시인과 소설가로도 활동 하고 있는 신택환 수필가는 오랜 세월 동안 수필을 써왔지만 아직도 수필의 길은 멀기만 하다고 말한다. 여러 권의 수필집을 내셨으면서도 수필다운 수필을 한 편이라도 써보는 게 소망이라니 나태의 늪에서 허우적거리는 나를 부끄럽게 만들었다. 등단한 지 30년이 되는 염정임 수필가는 수필 「손」에서 손이란 유한한 인간이 그 존재의 흔적을 영원히 남길 수 있는 가능성이라고 말한다. 손바닥에서 나지막한 언덕도 보고 조용히 흐르는 강물도 본다. 손바닥에서 만남과 이별과 인간의 고뇌까지도 읽는다. 그 혜안이 부럽다. 작은 손바닥을 들여다보며 유려한 문체로 글을 쓸 수 있는 작가의 마음이 물결처럼 다가왔다.

제2부에서는 유한근 문학평론가의 '군산문화예술 속 한국수필'이라는 주제의 세미나가 있었는데 군산 출신 문학인들의 수필 문학에 초점을 맞췄다. 문학개관과 수필에 탐색 영역을 국한하고 군산이라는 공간적 인연이 있는 글과 문인을 대상으로 언급했다. 근대소설가 채만식이 남긴 104편의 수필과 고은 시인의 수필, 그 밖의 군산 출신 많은 문학인들의 수필이 있지만 채만식 문학에서 지니고 있는 군산이라는 향토 문학적 특성을 찾아볼 수 없다는 점이 아쉽다고 하였다. 군산의 냄새와 색깔을 어떻게 문학적으로 구현시켜 낼 것인지는 수필가들의 몫이라는 생각이 들었다.

제3부는 문학과 음악의 선율이 흐르는 시간이었다. 다섯 명의 수필가들이 나지막한 음성으로 들려주는 수필은 지면으로 읽을 때와는 전혀 다른 느낌으로 다가왔다. 마치 한 폭의 수채화를 귀로 듣는 듯 담백한 맛이 났다. 특히 권현옥 수필가가 낭송한 「수필을 써」는 끝나고 나서도 자꾸 되뇌게 하는 중독성이 있었다. 구어체의 글이 낭송으로 전달될 때 주는 묘미였다. 이어서 재즈 보컬 〈홍순달의 바람난 재즈〉라는 작은 음악회가 열렸다. 색소폰의 선율이 주는 색다른 맛의 재즈 음악들이 눈과 귀를 즐겁게 했다. 이른 새벽부터

먼 길을 달려온 피로가 재즈의 흥겨움 속에 떨어져 내렸다. 축제는 서서히 저물어가고 밖에서는 초저녁별이 뜨기 시작했다.

어둠이 내려앉고 있는 거리를 지나 삼삼오오 짝을 지어 식당으로 향했다. 저녁 바람이 제법 차가웠지만 좋은 사람들과 팔짱을 끼고 걷는 발걸음은 가벼웠다. 식당 안은 조금 번잡했지만 서로 양보하고 기다리면서 즐거운 식사를 마쳤다. 숙소인 군산 세빌스 호텔에 들어서자 하루 동안 접어 두었던 고단함이 한꺼번에 밀려 왔다. 깔끔하고 정갈한 호텔 방에서 서로의 짝들과 하루를 내려놓으며 오순도순 이야기를 나누는 달콤하고 정겨운 밤이 깊어 갔다.

수필의 날 마지막 일정이 밝았다. 첫 방문은 군산 금광동에 있는 일본식 사찰 동국사였다. 일제강점기에 지어져 현재까지 남아 있는 국내 유일의 사찰이다. 한국의 전통 사찰과는 다른 건축 양식을 띠고 있어 언뜻 보면 사찰로 보이지 않는 게 특징이다. 절 뒤편에 심겨진 대나무는 푸른빛을 띠고 있지만 치욕의 역사를 바람으로 마시며 견디어 냈을 것이다.

두 번째 여정은 한국문인협회 이사장이신 문효치 시인의 생가 방문이었다. 군산시 옥산면에 있는 이 고택은 문효치 시인의 증조부께서 남기신 업적이 지대하였음을 보여주는 많은 일화들이 눈에 띄었다. 남내리 일대의 많은 농토와 대지를 마을 사람들을 위하여 희사했다는 증거가 여기저기 남아 있었다. 지금의 옥산초등학교 대지와 옥산저수지가 그 한 예이다. 당시 마을 주민들이 그 공적을 기리기 위해 옥산면에 세운 송덕비를 보면 가난한 이들에게 베푼 그 고결한 정신을 미루어 짐작할 수 있었다. 선대의 아름다운 정신이 배어있는 고택의 뒤뜰에는 그네와 우물이 그대로 남아 있었다. 앞뜰에 남아 있는 커다란 연못은 시인이 어렸을 때 발 담그며 놀던 곳이라 한다. 시인의 생가 앞에서 가만히 생각해 본다. 가치 있는 삶이란 흘러간 시간 앞에서도 찬란히 빛날 수 있다는 것을.

군산에서의 마지막 여정은 유람선을 타고 천혜의 비경인 고군산군도를 돌아보는 일이었다. 유람선 선착장을 가기 위해 세계에서 가장 길다는 새만금 방조제를 지났다. 끝없이 펼쳐진 바다 위를 버스로 달려가는 기분이 참으로 묘했다. 다시 배를 타고 바다 위를 달렸다. 섬은 육지와 연결되면 이미 섬이 아니다. 섬은 섬과 섬 사이에 다리를 놓고 차를 타고 가는 것보다 배를 타고 가야 한다는 생각이 왜 문득 드는 것일까. 배 안에서 바라보는 섬들이 홀로 고즈넉하고 너무 아름다웠기 때문은 아닐까. 배를 타고 가다가 외로운 섬 하나 발견하면 고요히 발을 내려놓고 싶다는 생각을 하는 사이 배는 벌써 고군산군도를 돌아 비응항에 도착했다.

1박 2일의 수필의 날 군산 여정은 그 어느 때보다 특별했다. 근대역사문화의 중심지 군산은 도시 전체가 근대사 유물이라고 해도 과언이 아니다. 바쁜 일정으로 하나하나 그 흔적을 찾아보지 못해 아쉽지만 훗날 좋은 사람들과의 역사기행으로 다시 방문하면 좋겠다는 생각을 한다. 이번 여정이 많은 수필가들에게 역사와 문학이 만나는 특별한 체험이 되었을 것을 확신해 본다. 전국에서 수필이라는 이름으로 모여 봄날을 함께 나누었던 아름다운 사람들과의 아름다운 동행이었다.

박경옥

전북 군산 출생, 『문파문학』 수필 부문 신인상 당선 등단
독서논술 교사, 한국문인협회 회원, 문파문학회 운영이사, 경기시인협회 회원, 동남문학회 회장 역임
수상: 제9회 동남문학상
저서: 공저 『하늘 닮은 눈빛 속을 걷다』

군산의 색깔여행   박원명화

　아니 벌써? 봄꽃이 피었다고 호들갑을 떨었던 게 엊그제 같은 데 어느새 햇살이 뜨겁다. 이른 더위를 참지 못한 꽃들이 우르르 피어 꽃 잔치를 벌이고 있다. 이렇듯 좋은 날을 그냥 흘려보낸다는 건 계절에 대한 도리가 아닌 성싶다. 꽃 잔치 소식에 좀이 쑤신다. 떠나지 않으면 섭섭할 것 같은 마음을 읽은 것처럼 때마침 4월 말 '전국 수필의 날' 행사가 군산에서 벌어진다니, 이 무슨 횡재이런가.

　낯선 길을 나서는 것도 이제는 눈에 익숙하게 다가온다. 여행의 매력이랄까, 떠나기 전부터 기대와 설렘이 뒤섞인 살가운 애정이 느껴진다. 마치 평범한 내 일상을 가장 빛낼 보람 있는 취미가 여행인 것처럼.

　서울을 벗어나자 일상에서 일어나던 걱정거리들이 순식간에 사라진 듯 해방감이 가슴 가득 차오른다. 여행의 묘미랄까, 차창 밖으로 스치는 풍경을 사색하는 맛이 제법 쏠쏠하다. 나란히 앉아 간식을 나누어 먹어가며 자분자

분 이야기도 하고 간간히 창밖 풍경을 바라보는 여유를 누리기도 한다. 산과 들은 흥청망청 봄을 즐기듯 꽃물로 한껏 치장을 하고 있다. 자연의 순수한 산수화가 속세로부터 모든 걸 차단시킨다.

서울에서 군산까지는 2시간 40여 분, 버스는 산을 보듬고 쭉 뻗은 고속도로의 허리를 휘감으며 힘차게 달린다. 새벽부터 잠을 설친 탓인지 설핏 눈을 감았는가 싶었는데 어느새 군산도착이다.

세상의 형상은 모두가 변한다고 했던가. 그곳은 내가 알던 군산이 아니다. 문명의 발톱이 할퀴지 않은 곳이 있을까마는 신화라고 해야 하나 싶을 만큼 산도, 들도, 집도, 바다도 확 달라졌다. 아니 너무도 변해버린 군산을 보니 문득 쓸쓸한 소외감이 느껴진다. 세상 모든 게 사라짐을 향해 달려가는 존재라지만 십수 년 만에 다시 찾은 군산은 내가 알던 군산이 아니다. 분명 낯설지 않은데도 뭔가 낯선 이 느낌은 무엇일까.

아주 오래전 보았던 그림처럼 흑백필름의 삽화들이 영사기 돌아가듯 아슴푸레 떠오른다. 무전여행을 즐기던 세 친구가 있었다. 일명 방랑 삼총사라 불리던 그녀들은 휴일이면 집시처럼 떠돌기를 좋아했다. 명산이나 소문난 관광지보다는 소탈하고 아담한 소도시에서 고향의 맛도 보고 인정도 만나고 여유로운 활기를 즐기자는 목적을 갖고 출발한 첫 번째 행선지가 바로 군산이었다.

이름만 들어도 아름다운 선유도에 도착했을 때는 하늘이 불에 타들어 가듯 노을이 바다를 붉게 물들이던 저녁이었다. 민박집을 찾아가던 중 운 좋게 동네 입구에서 어부를 만나 살아 꿈틀대는 큰 게 서너 마리를 샀는데 덤이라며 작은 게들까지 몽땅 주었다. 된장 한 숟가락을 풀어 게를 놓고 찌개를 끓였다. 그 맛을 무엇에 비길까. 그건 맛이 아니라 궁극의 비경秘境이었다. 작은 수저로 떠먹는다 할지라도 혀 전체가 반응하고 입안의 점막까지 반응했던 그 맛을 내 어찌 잊으랴.

어둠이 내리던 그 밤에 우리는 모래밭에 나란히 누워 무수히 빛나던 별을 헤며 스무 살의 감성을 나누어 마시며 별 하나 나 하나, 별 둘 나 둘, 별 셋 나 셋을 외쳤다. 모래와 돌, 바다와 파도, 별과 바람에 이르기까지 살아 있다는 게 아름답다는 걸 그때 처음으로 느꼈다. 젊음으로 똘똘 뭉친 기상은 세상 무서울 게 없었고 꿈으로도 세상을 지배할 수 있을 것처럼 당찬 나이였다.

'진정한 여행이란 새로운 풍경을 바라보는 것이 아니라 새로운 눈을 가지는 데 있다.'는 마르셀 프루스트의 말을 절절하게 실감한다. 신선이 노닐던 섬이라고 하는 선유도! 이름만 들어도 호기심이 생길 만큼 아름답다. 선유도 관광을 하기 위해 유람선 투어 길을 나섰다. 몇백 명을 태우고도 끄떡 않고 푸른 바다를 시원스럽게 달린다. 한국관광공사와 미국 CNN이 뽑은 한국에서 가장 아름다운 섬 중 하나다.

본명은 군산도였다가 섬의 북단 해발 100m의 봉 정상의 형태가 마치 두 신선이 마주 앉아 바둑을 두고 있는 것처럼 보인다 하여 선유도라 불리게 되었다고 한다. 면적 2.13km에 인구 5백 이상이 살고 있다. 신시도, 무녀도, 방축도, 말도, 등과 더불어 고군산도를 이루는 군도의 중심 섬으로 고군산열도의 중심지이다. 서해의 중요한 요충지로 조선 시대 수군의 본부로서 기지역할을 했던 곳이기도 하다.

선유도는 고려 시대에는 무역로의 기항지였으며 이순신 장군의 명량해전 승리 후 열하루 동안 머물며 전열을 재정비하던 곳으로 임진왜란 때 함선의 정박기지로 해상요지로 쓰이던 곳이다. 고군산도는 유인도 16개와 무인도 47개, 총 63개의 도서로 구성된 천혜의 관광지이며 거리는 군산에서 45km 지점에 위치하며 선유도를 중심으로 선유8경, 해수욕장 등 천혜의 비경과 갯벌을 간직하고 있어 군산시가 자랑하는 보물 1호의 섬이다.

돈과 시간과 피로를 모두 맞바꿔도 후회 없는 여행지를 다녀온 느낌이다. 땡볕 따가운 한여름 같은 더위에도 불구하고 생각은 지금도 군산의 비경을 향해 달려간다. 여행자의 마음을 채워주는 도시로도 손색이 없는 곳이다.

박원명화

(사)한국문인협회, 국제펜클럽한국본부, 문학의 집 · 서울 회원, (사)한국수필가협회 이사, 한국수필작가회 사무국장, (주)유어스테이지 자서전 강사
수상 : 연암기행수필문학상
저서 : 수필집『남자의 색깔』, 『시간속의 향기』, 기행 수필집『개인 날의 낭만여행』, 『길 없는 길 위에 서다』, 자전에세이『고목 나무에도 꽃은 핀다』

백미숙

근대문화의 중심지 군산에 수필문학의 꽃을 피우다

　따사로운 봄 햇살과 산들바람이 글을 쓰는 문인들 옷자락에 스며들며 어디론가 떠나고픈 마음을 유혹하는 완연한 봄날, 4월 29일 8시 30분에 출발하는 버스를 타기 위하여 여느 때보다 일찍 서두르며 집을 나섰다.

　출발 지점인 사당역 버스터미널에는 일찍 나온 문인들이 배정된 버스를 찾고 있었다. 나는 낯익은 문파문인협회 회원들 41명이 배정받은 2호차를 쉽게 찾아 탈 수 있었다. 1호차부터 6호차까지 여섯 대의 관광버스는 모두 만석이었다.

　수필을 짓고 문학을 사랑하는 문인들의 축제이며 일 년에 한 번 전국의 수필가들이 만남의 추억을 만드는 수필의 날 행사에 참여하게 된 것을 모두 기뻐하는 것 같았다. 나도 수필문인들과 함께 전라북도 서해안에 있는 군산을 간다는 설렘과 기대로 밤잠을 설쳤다.

　차창 밖으로 내다보는 산야는 봄을 증명해 주는 듯 앙상했던 나무들이 연록색의 숨을 쉬며 마치 새 생명의 소생을 환호하며 서로를 애무하는 것 같았다. 동행한 옆자리의 문우들과 정다운 담소를 즐기느라 짬짬이 창밖을 내다 볼뿐 여기저기서 소곤거리며 혹은 소리죽여 웃는 웃음소리가 끊이지 않았다.

군산 도착시간에 쫓기느라 가는 길에 들리기로 했던 금강 철새조망대와 일본가옥들을 아쉽게도 그냥 지나치고 처음 도착한 곳은 정박해있는 배의 형상으로 지은 소설가 채만식문학관이었다.

1902년~1950년까지 48세 동안의 짧은 생애를 아깝게 마쳤지만 소설 「탁류」, 「레디메이드」, 「냉동어」, 「태평천하」 등을 발표하여 근대풍자문학의 대가로 인정받았으며 특히 소설 「탁류」는 일제강점기 식민지하의 지식인으로 금강을 인용하여 강물이 탁류로 변하는 사회현상을 유추할 수 있게 하였으며 문학에 대한 동반자적인 글을 썼지만 후기에는 지식인이 처한 근대적 운명과 풍자성을 담은 작품을 남겨 1984년 8월 월명공원에 '채만식 문학비'를 세웠다. 그리고 2001년 그의 작가 정신을 후세까지 기리기 위해 군산시에서 그의 문학관을 건립한 것이다.

점심으로 군산 먹거리로 유명한 꽃게장과 꽃게탕으로 포식을 하고 상큼한 봄 햇살을 만지작거리며 장미동에 있는 근대역사박물관으로 갔다. 역사관에서 유관순 열사의 영정사진과 어머니의 손을 꼭 잡고 있는 안중근 의사의 사진이 있었다. 안중근 의사의 휘호에 찍힌 손바닥 지문을 보며 나라 없는 설움을 너무나 모르고 있는 오늘의 젊은 세대들을 생각하면서 안타까운 현실에 가슴이 쓰렸다.

國家安危勞心焦思 爲國獻身軍人本分 안중근 의사의 휘호를 가슴에 새겨야 하지 않겠는가. '네 소원은 무엇이냐'고 하느님이 물으시면 '오직 내한의 독립이오' 라고 대답하겠다고 몇 번씩 외쳤다는 김구 선생의 글귀에 또 한 번 찡하며 가슴이 울컥했다.

해양 물류관에서는 군산이 고려 시대 여, 송나라와의 활발했던 무역의 도시였으며, 조선 시대 이순신 장군이 명량해전에서 승리한 뒤에 열하루 동안 선유도에 머물면서 수군을 재정비한 중요한 해상요지였음을 알 수 있었다. 진정 나라의 독립과 국민을 사랑하여 생명을 초개처럼 버린 순국열사들에게 가슴 깊이 묵념을 올리며 수필의 날 행사장인 군산 예술의 전당으로 발길을 돌렸다.

예술의 전당은 시민들이나 문화인들이 이용하기에 편리한 요지에 건립되어 있었다. 군산시가 문화의 전당이라는 모습을 보여주는 듯 넓고 쾌적한 시설이 훌륭하였다.

전국에서 수필을 사랑하는 문인들이 얼굴에 가득 미소를 지으며 수백 명이 넓은 행사 장소에 질서정연하게 앉았다. 마치 싱그러운 공원에 꽃향기가 넘실거리고 파도가 일렁이는 모습으로 강당 가득 문학의 향내가 풍기고 있는 것 같았다.

문화인의 행사답게 예정했던 대로 4시 정각 전영구 수필가의 사회로 국민의례부터 시작하여 오늘은 전국 수필인들의 만남의 장이며 수필인 모두가 행복한 추억을 가슴에 담아가는 축제의 날이라는 지연희 문인협회 수필분과 회장의 개회인사에 이어 내빈소개로 진행되었다.

군산 부시장과 군산 문인협회 회장은 군산이 근대문화의 중심지라는 점과 진심으로 수필의 날을 축하하며 우리를 환영하는 마음을 느낄 수 있는 환영사를 하셨으며 한국문인협회 이사장님, 국제펜클럽 이사장님은 아침에 눈을 떴을 때나 비를 맞으며 골목길을 걸을 때나 언제 어디서라도 수필을 쓸 수 있는 마음을 가지고 치열하게 욕심을 가지고 글을 써야 한다고 격려의 말씀을 해주셨다.

수필의 날 선언문 낭송을 들으며 어떤 한 사람의 가슴에라도 울렁이며 스며드는 진솔한 수필을 써야겠다는 각오를 해 보지만 글을 쓴다는 것이 때때로 스트레스가 되는 자신이 부끄러울 때가 많다.

오늘 수필의 날, 영광스러운 올해의 수필인 상을 받는 신택환 수상자의 수상 소감은 거의 매일 수필을 쓰고 여러 권의 수필집을 출판하였음에도 자신의 마음에 흡족한 수필다운 수필을 써보고 싶다는 말에 글쓰기에 나태한 자신을 생각하며 수치심으로 얼굴을 들 수 없었다. 또 염정임 수상자가 손바닥 손금을 보며 삶의 모습을 연상하며 인간과 자연, 만남과 이별을 발견하여 글로 표현할 수 있는 대단함에 소름이 돋는 것 같았다. 나는 언제 자신의 마음으로 인정할 수 있는 흐뭇한 수필 한 편을 쓸 수 있을까? 수상소감을 듣는 동안 거미가 창틀에 거미줄을 치듯 수필에 대하여 이 생각 저 생각을 하고 있는데 문학과 음악이 흐르는 시간이 되었다.

수필가 다섯 명의 수필낭송에서 각자 특유의 느낌으로 낭송하는 수필을 감상하면서 마치 유람선 상에서 듣는 바닷물의 멜로디처럼 문장들이 출렁이며 내 가슴속으로 하얀 물거품이 되어 스며드는 것 같았다.

'그래, 그래야지. 수필은 매일의 생활 속에서 체험과 느낌을 그려내는 것이야. 어려워하지 말고 쓰는 거야. 쓰다 보면 샘물처럼 솟아나는 자국을 찾을 수 있겠지' 마음속으로 다짐해 보았다.

이어서 '홍순달의 바람난 재즈'라는 작은 음악회가 열렸다. 긴장해 있던 문우들은 색소폰의 흥겨운 선율에 갑자기 피돌기가 바빠졌다. 어깨를 씰룩거리거나 허리를 흔들었다. 역시 신나는 음악은 재즈선율이다. 색소폰의 음색이다. 수백 명의 문인들이 모여 즐거운 시간을 누린 축제는 기념사진 촬영으로 막을 내리고 배고픔을 느낄 시간 밤바람에 옷깃을 여미며 식당으로 걸어갔다. 많은 사람들이 한꺼번에 들어갔지만 불편 없이 대화를 나누며 만족하게 저녁을 먹고 숙소로 들어갔다.

나는 '세빌스 호텔' 2인 1실의 아늑하고 편안한 룸에 피곤함을 풀어놓고 창시문학회 회원들이 모이자는 1층 카페로 갔다. 와인과 다과를 펼쳐놓고 오늘 참가한 7명의 우리 회원들은 수필의 날 행사에 대한 이야기꽃을 한 다발

씩 풀어 놓았다.

단잠으로 하루의 피로가 풀린 다음 날 아침 일행이 동국사로 걸어가는 멀지 않은 동네의 골목길은 오래된 주택들과 미장원 옷가게들이 보였으나 토요일 아침이기 때문일까 인적은 드물었다. 팀별로 작은 식당을 찾아 간단히 아침을 먹고 조금 더 걸어 올라가니 좁은 골목에 일본식 건축양식으로 지어진 '동국사'라는 사찰이 보였다.

진회색 지붕이며 용마루는 일직선으로 단아하고 단순한 느낌이었고 우리나라 사찰처럼 아름다운 단청의 무늬와 색채는 없지만 고요한 공기가 맴도는 아담한 사찰이었다. 일제 에도 시대에 건축한 일본식 사찰인데 한국의 사찰과는 전혀 다른 모습이었다. 일본이 한국을 식민지로 만들기 위하여 국권침탈에 앞서 일본식 불교를 전파하려고 1906년 금강선사라는 이름으로 건축하였는데 1909년 포교소로 개설하였다가 1913년 현재의 본당을 건축하였으며 우리나라 개화기 근현대사를 증명하는 교육 자료로 남아있는 중요한 역사적 사찰이라고 했다.

다음 코스로 문효치 한국문인협회 이사장의 생가를 방문하였다. 이사장의 증조모 제주 高씨는 콜레라로 아침에 시아버님이 돌아가시고 저녁에 남편마저 잃었지만 유복자를 낳고 굳은 절개로 治家를 잘해서 대 부호가 되었다. 가난한 친척들과 마을 사람들을 구휼하여 1917년경 송덕비가 세워졌는데 그 힘든 세월을 지낸 제주 고씨를 생각하니 눈시울이 붉어졌다 나도 제주도가 고향이기 때문인지 더욱 그 자랑스러움이 가슴에 울려왔다.

또 이사장님의 증조부께서는 남내리 일대의 농토와 토지를 가난한 마을 사람들에게 기증하여 칭송을 받았으며 후손들 또한 구휼에 앞장서 옥산민들이 고귀한 그 뜻을 기려 1930년 송덕비를 세워준 훌륭한 가문임을 알 수 있었다. 문효치 이사장님의 「고향송」에서 '그리움으로 내 발길은 다시 여기로 올 뿐'이란 시의 마지막 행을 가슴에 담고 마지막 행선지 고군산도를 가기 위하여 발길을 돌렸다.

유람선을 타기 위하여 비응항으로 가는 길에 군산과 부안을 연결하는 33.9km의 세계 최장의 방조제로써 기네스북에 등재된 새만금 방조제 홍보관에 들렀다. 실로 방대한 국책사업이었음을 실감하지 않을 수 없었다.

특히 가력배수갑문은 대단하였으며 간척사업으로 얻은 농업용지를 비롯한 산업연구, 생태환경용지 등 광활한 토지는 개발과 보존의 조화를 이루는 국제비즈니스의 중심지로 탈바꿈한다는 사실을 눈으로 보고 듣고 감탄하지 않을 수 없었다.

마침내 비응항에서 아름다운 유람선 카네이션호에 승선하여 1층 가운데 좌석을 택하여 앉았다. 멀미가 심하여 배를 탈까 말까 망설였지만 물결은 잔잔했고 멀리 가까이 섬과 섬 사이를 유유히 미끄러지며 싱그러운 바닷냄새를 마시며 유람을 하노라니 머리카락이 날리는 미풍에 '내 고향 남쪽 바다~' 노래까지 흥얼거리면서 명량해전에서 승리한 이순신 장군이 왜 선유도에 열하루 동안 머물면서 전열을 정비했는지 알 수 있을 것 같았다.

　1박 2일의 일정은 너무 짧았지만 근대역사와 문화의 숨이 깃든 군산, 잊을 수 없는 수필의 날 추억의 여정이었다.

백미숙

제주시 출생.
『한국문인』 신인상 시·수필등단.
한국문협동인지 연구위원, 한국수필 부이사장, 문파문학 명예회장, 국제PEN클럽회원, 문학의집·서울 회원, 창시문학회 회장 역임.
수상 : 창시문학상, 새한국문학상, 황진이문학상 본상, 문파문학상, 한마음문화상 외
저서 : 시집 『나비의 그림자』, 『리모델링하고 싶은 여자』, 공저 『한국대표명시선집』, 『문파대표명시선집』, 『성남문학작품선집』, 『새한국문학상수상작선집』, 『한국수필대표선집』 외

군산 밤바다 수필의 숲에 들다
부성철

시간을 그리워하며 찾은 옛 향수가 담긴 도시. 낯선 도시는 늘 나를 설레게 한다. 금강과 만경강이 흐르고, 바닷길이 환히 열려있는 군산항, 째보선창이 있고, 선유도가 바라보이는 이 도시는, 과거와 현재가 이루며 살아간다. 계절이 여왕 5월이 막 시작되는 시점에 아름다운 사람들과의 동행은 마음을 두둥실 뜨게 만든다.

사람과 사람을 잇는 수필의 날, 서울에서 출발한 버스는 싱그러운 시간을 달려 첫 번째 「탁류」의 작가 채만식문학관에 다다른다. 근대 풍자 문학의 대가 일제 수탈의 역사가 서린 군산의 모습을 잘 그려 냈다는 「탁류」가 우리의 마음을 사로잡는다.

이어 근대역사박물관 관람을 마치고 도착한 수출의 날 행사는 1부 내빈들의 소개와 축사가 이루지는 동안 마음은 군산 문화 예술이 서려 있는 해방로를 걷고 있었다. 군산세관 미즈 상사 조선은행 등 일제 강점기 관공서 건물은 이제 시간여행을 떠나는 도시로 남아 있었다. 2, 3부 수필 낭송 재즈의 음률이 식장 강당을 채울 땐, 나는 이미 인경이 높은 고상한 예술인이 되어 있었다.

여행은 정점은 저녁 즈음이다. 모든 일상을 버리고 떠나 온 번잡스러운 도시의 찌꺼기들은 까막히 버린 채, 모처럼 자신을 돌아보는 애수의 시간이었다. 애향의 향기로운 군산 밤바다가 보이는 곳에 우리가 묵을 호텔이 있었다. 창을 열자 가깝게 다가서는 이 멋진 도시의 밤이 나를 어디로 데려가고 있었다.

110년 전의 세계로 그리고 지나온 나의 먼 길들의 과거로 바꿔 창문을 열자 향기로운 군간 밤바다가 지적으로 다가왔다. 작은 도시의 불빛들이 나를 꿈의 세계로 끌고 간다. 누구나 이런 감정에 잡히면 시인이 됐다고 했던가? 눈을 감자, 시가 다가왔다.

이명 *- 군산밤바다 호텔서비스에 들다*

문을 열자

집어등 주위로 따라붙는 나방들

생사를 걸고 달려들던 날 것들

머릿속은 비워지고

정신은 살아났다.

왜구의 외침이 쓰렁쓰렁 살아나고

비릿한 냄새 따라 자기 영역을 점점 넓혀갔다.

그들의 집에 와 있는 것은 같은 느낌에

얼른 떠나가야 한다고 생각했다.

적산가옥 뒤로 백 년의 바람이 지나고

멀리 섬 주위로 깊은 한숨이 스며들면

가만히 바닥으로 몸을 뉘인다.

항구는 죽은 듯이 고요하다.

창을 닫자

들뜬 하루가 갔다.

애들이 손을 들어 발을 감싸 안는다.

묵묵히 헤쳐 온 길들이 대견스러워

자신의 이름을 부르며

(잘했어 잘했어) 도닥거린다.

옆 침대의 파도 소리가 가볍게 출렁이자

감았던 눈물이 잠겨 든다.

자기와 아무 관계 없는 세상이

긴 여정이 중간지에서 잠시 고요하다.

멀리 뱃고동소리가 들리고

복도 끝으로 발자국 소리가 멀어지면

다시 시간은 지나 갈 일 4월 29일 있다.

  다녀온 후, 이 도시가 계속 귓가에 맴돌았다. 아름다운 사람들의 문장이 동국사 지붕 위 파도 같은 기와지붕이 문효치 님 생가의 농악대 정취가, 아마도 유람선호에서 바라보던 섬과 바다가, 뜬 다리 부두가 있는 군산 내항을 거닐던 군상, 그리고 가까운 시일에 거대한 미래가 펼쳐질 새만금 방조재가 다시 보고 싶다. 왠지 이 도시는 10년, 100년 후에도 과거와 현재가 공존하는 영원히 아름다운 도시로 남을 것 같다.

부성철

제주 출생, 한양대 졸업

한국문인협회 편찬위원, 문파문학회 감사, 호수문학회 회원, 불시동인

수상: 2002년 『문학과의식』 신인상

물의 도시 신택환

군산은 금강과 만경강을 옆구리에 끼고 형성된 물의 도시이다. 그리고 지명을 풀이해 보면 무리 지은 산에 둘러싸인 군산, 그 산은 험준한 산이 아니고 순후하고 품이 넉넉한 산들이다. 호수 같은 대평야에 떠 있는 명월산, 대각산, 망해산, 금성산. 산들은 날카롭지 않고 지혜롭다. '智者樂山, 仁者樂水'말이 있듯이 지혜와 너그러움을 공유하고 있는 도시이다. 경제와 산업과 역사와 문화와 전통에 빛나는 도시를 진작 와보지 못하고 늦게나마 군산의 따뜻한 품에 안긴 것이 얼마나 다행인지 모르겠다. '수필의 날' 행사에 참가한 수필가 여러분들과 함께 단시간에 군산을 돌아본 감회와 감동은 아주 큰데 내 표현이 조잡하여 긍지와 자랑에 차 있는 분들에게 실망을 주지 않을지 걱정된다.

첫발을 디딘 곳은 금강 철새도래지이다. 개펄이 넓어서 먹이가 많고 기후가 온난하여 철새들의 낙원이었다. 나래 터는 소리에 낮잠이 달아났다. 백릉 채만식 선생의 문학관을 관람하였다. 「탁류」라는 장편이 1930년대의 사회상과 홍수가 진 금강의 검붉은 물이 엮어주는 상징적 의미를 음미해 보았다. 그 외도 풍자적인 단편 '치숙'에서 느끼는 감동을 현장에서 되새겨 봤다. 근대역사박물관은 일제 수탈의 역사를 재현해 놓았다. 김제와 논산평야에서 생산되는 맛있고 기름진 양질의 미곡을 수탈하여 일본으로 가져갔다. 그 시대의 농민들은 왜인들의 농노와 같이 혹사당하였으며 질곡에서 벗어나지 못하고 신음한 민족의 비애와 분노를 느끼게 한다. 일본식 가옥을 관람하고 눈이 번쩍 뜨이었다. 일제가 남긴 치욕의 산물을 없애지 않고 보존 내지 활용은 역사적 증언의 구실을 하고도 남음이 있다. 치욕스런 과거를 지우려고만 하지 말고 보존하고 일제의 만행을 망각하지 않아야 한다는 것도 또 다른 의미의 역사적 교훈일 것이다.

오후엔 '수필의 날' 공식 행사를 한 치의 어긋남이 없이 잘 치렀다. '수필의 날' 선언문은 우리 수필인들의 결의와 포부와 메시지를 다지는 참신한 계기가 되었을 것이다. 둘째 날 군산에 있는 일본식 사찰 동국사는 1913년에 건립되었고 일본 승려들이 운영하였으며 오늘날까지 남아있는 일본식 사찰로는 유일하다. 2003년에 등록 문화재로 지정되었다. 대웅전과 요사채가 실내 복도로 이어진 것이 특색이다. 우리나라의 사찰은 단층이 화려하나 아무런 장식이 없는 처마와 외벽에 많은 창문들이 왜색을 잘 나타낸다. 문효치 시인의 생가는 일본식 가옥이었다. 넉넉한 그의 생활환경이 짐작되었고 내부는 문학적으로 잘 꾸며져 있었다.

비응도항에서 유람선이 출발하여 횡경도-말도-고고리도-선유도-아미도-비응도항으로 귀항하는데 2시간 정도의 해상유람은 장관이었다. 내항에서 바라보이는 고군산노가 중심이 되어 대상처럼 거느리고 있는 크고 작은 유무인도가 63개라는 안내자의 설명이 시원한 바닷바람처럼 때 묻은 심신을 말갛게 씻어주었다. 맑은 날 산둥반도에서 우는 닭 울음소리가 고군산도에 까지 들려온다고 전한다.

윤선도의 어부사시사에 나오는 선유도는 신선이 유유히 노니는 섬이었다. 선유도 8경은 달리 표현할 말이 없이 정말 아름다웠다. 입을 굳게 다물고 경탄하지 않을 수밖에 없었다. 한마디로 신의 솜씨를 유감없이 부린 해상천국이다. 섬과 섬을 다리로 이어 놓았고 대충 봐도 소나무, 섬벚나무, 섬딸기, 참식나무 등이 무성하다. 해수욕장, 백사장이 얼마나 맑고 깨끗한지 한눈으로 봐도 수중이 훤하였다. 갈매기가 높이 날고 물오리가 정겹게 헤엄쳤다. 정말 시간과 여유를 가지고 관해觀海를 하러 올 만한 곳이었다. 옛 조상들은 농사철이 시작되기 전 봄 바다를 구경하러 다니었다. 바다가 없는 산촌에서 바닷바람을 쐬어야 한해 농사를 풍성하게 지을 수 있다는 풍습이었다.

바다를 실컷 마음속으로 포식하고 돌아온 비응도항은 또 다른 해상천국이다. 풍차가 돌아가고 곳곳에 설치된 조형물들이 시선을 사로잡았다. 전국각지에서 수많은 조사釣士들이 몰려오는 곳이었다. 항내에 고등어들이 유유히 헤엄치는 것을 보았다.

세계 최장의 방조제 새만금을 보지 않으면 뒤에 후회가 될 것이다. 한 번 보면 또 보러오게 될 것이다. 한 번 더 보면 그곳에 눌러앉을지 모른다. 네덜란드의 주다치 방조제가 32.5km, 새만금방조제는 그보다 1.4km 더 긴 33.9km이다. 용지 면적도 여의도의 140배이다. 군산시 비응도로부터 고군산군도의 신시도를 거쳐 부안군 변산면 대항리에 이른다. 군산시, 김제시의 동진강, 만경강의 갯벌을 개발하여 변산군 일원에 조성된 다목적 용지이다. 도저히 도보로는 구경하기 힘들다. 승용차로도 한 시간이 걸린다고 했다. 바야흐로 새만금萬金시대가 열린 것이다. 산업, 경제, 교육, 문화, 관광 등등 많은 프로젝트들이 우리의 가슴을 울렁이게 한다.

군산은 더 많은 것들이 도시의 위상을 높이고 있다. 물의 도시로 바다의 도시로, 산의 도시로 어느 것 하나 손색이 없는 풍광이 아름답고 부가 넘치는 도시로 발전하고 각광을 받을 것이다.

신택환

서라벌예대 문창과 졸업

『수필문학』(발행인 김승우)「치자목 한 그루」천료. 동양문학신인상 당선 단편소설「우물 속 천국」
대구수필문학회창립주제 1,2,3대 회장역임, 산문연대 창립주제회장 역임. 한국수필가협회 이사, 한국문인협회 이사, 한국소설가협회 회원, 한국현대시인협회 중앙위원, 국제펜클럽 한국본부 회원.
저서: 장편소설『잠들지 않은 숲』(한맥문학 연재), 시집『그리움은 몇 뼘이나 될까』외 3권, 단편집『돌아앉은 산』외 2권, 수필집『석화 따는 이야기』외 7권.

염정임

군산, 숨어 있는 꽃 같은

군산이란 도시는 언젠가는 한번 가보고 싶던 곳이었다. 제16회 수필의 날 행사에서 "올해의 수필인 상"을 받게 되어 그 행사가 군산에서 열린다고 들었을 때, 나는 가슴 설레며 군산에 갈 날을 기다리고 있었다. 일제강점기 시대에 가난한 목회자였던 시조부侍祖父님께서 군산에서도 사역을 한 적이 있다고 들었기 때문이다.

4월 29일 아침 일찍 여섯 대의 버스가 기다리는 사당역으로 갔다. 400명 가까운 수필인들이 모이는 이 행사를 어떻게 주관하며 진행하는지 놀라움과 염려스러운 마음이 들었다.

글쓰기에 대한 애정으로 전국에서 구름같이 모인 수필가들에게 피붙이 같은 정情도 느껴졌다. 골방에서 자판과 씨름하던 전국의 작가들이 광장에 나와 서로 소통하고 격려하는 우정의 행사이다. 30년 전 내가 처음 수필을 쓰기 시작하며, 동인들과 상재한 책의 제목이 "나무로 만나 숲으로 서다"라는 4인

수필집이었다. 그런데 그 제목처럼, 지금은 수필가들이 한 사람 한 사람 모여 큰 숲을 이루고 있다. 수필 문단이 이렇게 커지고 활기 있게 발전한 데 대한 감회와 함께 마음 뿌듯함을 느꼈다.

군산은 아직도 옛 도시의 흔적이 남아 있는 곳이었다. 전국이 산업화와 도시화로 팽창되고, 빌딩 숲과 속도의 경쟁으로 정신없이 내몰리는 곳이 대부분인데, 군산은 아직 고즈넉하고 느린 작은 도시의 모습이었다. 일본식 가옥들도 남아 있어서 어린 시절로 돌아간 듯한 친숙한 기분이 들었다. 일제강점기 시대에 전국의 쌀과 곡식들이 모두 수탈되어 일본으로 실려 가던 곳으로 그때의 아픔이 피멍처럼 군데군데 남아 있었다.

내가 태어나고 어린 시절을 보낸 마산과도 비슷하게 느껴졌다. 남해와 서해의 차이가 있지만 항구에서만 느낄 수 있는 독특한 분위기와 흥취가 있었다. 바다가 있고 바닷바람이 있었다.

일정에 선유도에 간다고 되어 있어, 초분이 있다는 선유도를 가는가 싶어 기대했지만 배를 타고 먼 곳에서만 바라보아야 했다. 그러나 고군산열도를 배 위에서 바라보는 기분은 가슴에 짙은 푸른 물이 드는 것 같았다. 그렇다. 바다는 늙지 않는다. 언제나 현재 진행형이다. 50년, 60년 전에 내가 본 바다도 노년에 이른 내가 보는 바다도 출렁이고 뒤채고, 밀려오고 솟아오르고 역동적이었다.

지금도 군산의 동학사 뒤로 보이던 짙푸른 대숲과 일본 가옥의 오밀조밀한 정원이 눈에 선하다. 수필의 날 무대에 멋과 낭만적인 분위기를 선사하던 째즈 연주자들의 허스키한 목소리와 악기들이 그리움으로 떠오른다. 채만식문학관에서 험한 세월을 살았던 선인의 분노와 슬픔을 느꼈다면, 문효치 시인의 생가에서는 보다 밝고 미래지향적인 희망의 빛을 엿볼 수 있었다.

문학을 한다는 일은 결국 시간을 초월하여 우리들의 삶을 흘려보내지 않고, 느끼고 살피며 기억하는 일이 아닐까? 시간의 강물에서 그 물살에 휩쓸리지 않고, 도도하면 도도한 데로, 잔잔하면 잔잔한 데로 자신의 내면을 응시할 것. 그리고 밝은 눈으로 기록할 것.

이틀 동안 날씨는 환상적이었고 행사는 잘 끝났다. 주최 측의 면밀한 계획과 아낌없는 봉사로 뜻깊고 즐거운 추억을 만들었다. 나의 염려는 기우였다. 숨어있는 꽃처럼 아련하고 애잔한 군산, 내 마음의 지도에 그려 넣었다.

염정임

경남 마산 출생. 서울대학교 문리과대학 독문학과 졸업.
『수필공원』(현 에세이 문학) 추천 완료, 『현대문학』 추천 완료.
수필문학진흥회 부회장, 한국여성문학인회 이사, 한국문인협회 이사, 국제펜클럽 한국지부 이사, 문학의집 이사
수상: 『월간 에세이』 공모 제1회 에세이스트상, 수필문학진흥회 제정 제11회 현대수필문학상, 국제펜클럽 한국지부의 펜문학상, 〈한국수필학회〉 구름카페 문학상
제3 수필집 『우리집 책들의 결혼』 출간, 문화예술위원회 올해의 우수문학 작품 선정
저서: 『미움으로 흘리는 눈물은 없다』(1992), 『유년의 마을』(1999), 『회전문』(2002), 『작은 상자 큰 상자』(2008), 『우리집 책들의 결혼』(2011), 『시간의 아이들』(2016)
e-mail: ivy1717@daum.net

꿈꾸는 항구

오경자

여행이라면 목적지가 어디든 우선 마음부터 설레지만 추억여행을 할 수 있는 곳이라면 더 들뜨고 공연히 즐거워진다. 오늘 아침이 그런 기분이다. 수필의 날 행사 차 떠나는데 행선지가 군산이다. 고향은 아니지만 중학생일 때 방학이면 며칠씩 다녀오곤 하던 곳이어서 고향 가는 기분이다. 그 후로도 몇 번 가보기는 했지만 지나쳐 가는 길에 잠깐 시내에 들러 복국 한 그릇 먹고 떠나는 정도여서 추억여행을 해 본 적은 없었다. 전군도로 벚꽃 백 리를 달리면서도 벚꽃에만 심취했지 옛날을 떠올려 보지 못했다. 새만금 간척사업 홍보관을 들르고 초고층 전망대에 올라 한눈에 엄청난 땅을 내려다볼 때도, 믿어지지 않는 방조제를 달리며 일몰을 보면서 감격할 때도 그냥 그 순간에 심취했을 뿐이었다. 그런데 이상하게 오늘은 마음이 옛날로 달려가니 알다가도 모를 일이다. 아마도 나이 탓 인가보다.

목적은 수필의 날 행사를 하러 가는 것인데 온통 그리움의 노예가 되어 있으니 그야말로 불공에는 맘이 없고 잿밥에만 정신이 팔린 격이다. 아무튼 단발머리 15살이 한껏 들떠서 차에 오른다. 반가운 글벗들을 만나면서 본연의 임무가 떠오르고 처음 보는 많은 수필가들을 만나는 즐거움에 잠시 타임머신을 버릴 수 있었다. 행사를 마치고 편안히 자고 깨니 진짜 여행이 기다리고 있었다. 7시 이른 시간에 받은 아침상의 아욱 된장국은 눈물 나도록 그리운 어머니의 그 손맛이었다. 마른 새우에 된장을 아주 조금만 풀어 담백하게 끓여낸 된장국, 아욱 맛을 그대로 만끽할 수 있음이 코끝을 찡하게 하는 것은 늙은이의 청승인가? 벽에 붙은 안내판을 보고 우엉나라쓰께 한 상자를 사 들고 식당을 나서는데 콧노래가 절로 나온다. 우엉으로 만든 나라쓰께 맛은 어떠할지 자꾸 입안에 침이 고인다.

동국사로 향하는 길은 일본풍을 억지로 살려 놓은 것처럼 잘 꾸며 놓았다는 생각이 들 정도로 광복 전 모습일 것 같았다. 관광을 위해 새로 꾸몄을까 의심이 들 정도로 옛날이 남아 있었다. 동국사에 이르러 입구에 서니 딱 일본이다. 어떻게 이렇게 일본의 흔적을 그대로 남겨두었을까? 군산사람들은 어떤 마음으로 이런 것을 두드려 부수지 않고 잘 남겨두었을까 신기했다. 절 건물이 도쿄 시내의 절을 그대로 닮았고 서울 초동교회 자리쯤으로 기억되는 곳에 있었던 일본 절의 모습 그대로인 것 같다. 아버지의 손목을 잡고 갔었던 그곳 같아서 아버지가 보고 싶어진다. 정원은 어릴 적 어머니가 가꾸던 그 뜰을 닮았다. 어머니와 정다운 해후를 즐기기도 전에 마당 구석 쪽에 소녀상이 눈을 끈다.

소녀상을 가까이에서 보기는 처음이라 사진을 찍으려 옆에 서다가 그의 손목에 눈이 끌렸다. 팔찌처럼 매인 고무줄에 동그란 쇠붙이 같은 것이 달렸는데 동전 크기의 그것에 ICD라는 글자가 새겨 있다. 처음에 수인 번호처럼 번호표를 달아 관리했구나 싶어 울컥했는데 저 표시는 무엇일까 하는 궁금증으로 이어지며 처연해진다. 그 뒤로는 일본 불교계의 사과문, 반성문이 비석에 새겨있다. 제암교회에서 마주했던 일본 기독교계의 사과문 앞에서 느꼈던 묘한 분노가 되살아난다. 일곱 번씩 일흔 번이라도 용서하라 하신 예수님 말씀을 떠올리면서도 용서되지 않는다. 오히려 그 사과문이 가증스러워 보이던 그런 기분이 좀 전의 아욱국 맛이 안겨준 행복감을 싸악 씻어가 버린다. 골목을 걸어 내려오는데 일본식 가게들과 상호가 눈에 들어오고 마치 일본 동네에 온 것 같아 신기하면서도 야릇한 기분인데 바닥에 사방치기 놀이판이 그려져 있다.

땅에 커다란 직사각형을 그리고 그 안에 한가운데 길게 가위표를 하고 앞뒤로 발바닥 하나보다 약간 큰 자리를 남겨두고 가로금을 그은 후 한가운데를 세로로 양분한 그림판 같은 것이 놀이판이다. 아무 곳에나 그렇게 금을 그어 놓고 손바닥보다 약간 작은 납작한 돌을 첫 번 칸에서부터 한쪽 발을 들고 나머지 한 발로 차서 금 안에 들여보내는 놀이판이다. 어릴 때 놀던 가락이 있어 돌은 없지만 발을 들고 돌을 차는 자세를 취해 보니 어림도 없다. 한 칸도 못 가고 넘어지려 한다. 그래 나이가 몇 살인데 만용을 부리나 싶어 놀이판의 금만 어루만지듯 쳐다보다 돌아섰다. 친구들의 얼굴이 지나간다.

앞뒤가 다른 그들, 나라로는 밉고 개인적으로 보면 한없이 따뜻하기도 한 그들, 밉다고 멀리할 수도 없고 부시만 해 버리기에는 버거운 이웃, 이사 갈 수도 이사 가라 할 수도 없는 이웃 일본, 그들을 어떻게 대해야 할 것이냐, 그 것이 문제로다. 아무튼 군산은 일본으로 호남평야의 쌀을 실어내느라 성황을 이루었던 그 옛날의 활기차던 항구를 서해안시대를 맞아 역동적으로 세계를 품어 안을 새로운 거대항으로 키울 꿈을 부풀리고 있다. 수탈의 현장이 었던 시절의 일본식 도시를 그 모양대로 남겨둔 구석들이 많아 관광도시로 주목받는 것을 부끄러워하지 않고 오히려 더 다듬고 보존하고 내보일 수 있을 만큼 우리는 자신만만하게 성장했다. 유럽의 도시들이 로마 지배 시대의 유물인 콜로세움이나 기타 유적들을 잘 보존해서 관광자원화 하는 것과 같은 예다.

일제가 간척한 땅에 일본인들을 집단 이주시켜 농장을 맡기고 우리 백성들은 농노 같은 수준으로 수탈당했던 그 땅 현장에 그 일본인들이 백발을 흩날리며 찾아와 자신들의 땅이라고 억울해하며 바라보고 간다는 김철규 군산 문협 회장의 설명을 들으면서는 분노보다 실소가 입에 번졌다.

광복 후 일본행 배들이 끊긴 후 한산했던 군산은 6·25 전쟁으로 미군 비행장이 생겨 다시 활기를 띤다. 전주에 살던 시절 미제 아줌마가 군산에서 가져오는 폰즈 크림을 엄마 따라 바르고 커피라는 것을 귀하게 감춰두고 저녁이면 타서 마시며 대입 준비로 밤을 새웠다. 초콜릿도 바둑 껌도 그 아줌마 보따리에서 나왔고 돈은 엄마가 내니 먹기만 하면 되는 호시절이었다. 생선 아줌마는 먹갈치에, 조기에, 전어에, 새우에, 민어에, 이루 다 열거하기 힘들 정도의 제철 생선들을 함지박에 이고 우리 집 대문을 부산하게 넘나들었다. 군산은 이렇게 제2의 번창을 이루는 듯했으나 이내 퇴조되어갔다. 미군 비행장이 있어 미군들이 많이 있다 보니 세칭 양색시들이 생겨나 그늘진 구석도 있긴 했지만 카바레도 있고 서양 문화가 빨리 스며들어온 곳이기도 하다.

오빠가 전북대학교 상과대학 창설 멤버로 참여해서 군산에 상과대학이 있을 동안 군산에 잠시 살아서 방학이면 드나들었다. 고모님 7분이 그때 내 보기에는 다 노인들인데 모시고 시내 구경을 갔었다. 카바레 옆을 지나가다가 짓궂은 다섯째 고모님이 그 안을 들여다보고 망측하다고 손사레를 치자 차례로 들여다보고 망측하다며 웃어대던 모습이 눈에 선하다. 아마도 그때 그 어른들보다 내 나이가 많은 모양이니 세월이 많이도 흘렀다. 오빠도 고모도 아무도 이 세상에 남아있지 않다.

군산은 새로운 서해안시대의 주역을 꿈꾸며 오늘도 야심 찬 행보를 게을리하지 않고 있다. 그곳에 우리 수필가들은 수필의 도약적 발전을 꿈꾸며 여기 모였다. 고군산군도의 비경을 음미하며 글감 탐색에 나서기도 하고 새만금 홍보관에 들러 웅비할 군산의 미래를 알아보고 세계 최장의 방조제를 달리며 바다를 실감했다. 일제 때 창설된 이성당의 앙금 빵 한 상자를 사 들고 귀경길에 올랐다. 입이 헤벌어질 아이들의 얼굴을 떠올리며 마음은 어느새 서울에 가 있다. 어제오늘 이틀이 그대로 수필이었다. 지연희 수필분과회장이 수고한 행사에 한몫 거들겠다고 참여한 이번 여행은 미안할 만큼의 추억 여행이어서 행복하다. 군산도 크게 뛰고 수필도 크게 뛰었으면 좋겠다. 북적이는 항구에 다시 올 날을 생각하며 꿈꾸는 항구 군산을 떠난다.

오경자

월간 『수필문학』 등단
한국문인협회 이사 · 은평지부장, 한국크리스천 문학가협회 회장, 한국수필문학가협회 부회장, 국제펜클럽 한국본부 회원, 고려대학교 평생교육원 수필 지도 교수
수상 : 수필문학상, 원종린수필문학상
저서 : 『바퀴달린 도시』, 『그해 여름의 자두』, 『신원확인 등 다수』

대한민국수필문학관 건립 안건

오차숙

　'수필의 날'엔 전국의 수필가를 만날 수 있는 설렘이 있다. 그 행사는 문협수필분과운영회가 섭외하는 지역에서 거행하며, 수필가는 그 기회를 통해 수필의 정체성을 찾는 데 주력한다. '현대수필'에서도 그때 특별히 측면지원을 해야 한다는 책임감 있다. 한국수필학회 회장이자『현대수필』발행인 윤재천 선생님께서 2001년 12월 1일, '수필의 날'을 제정해 6년 동안 행사를 기념해 왔기 때문이다.

　제7회부터 한국문협 수필분과로 위임시켰으니, 윤재천 선생님께선 80 중반의 연세임에도 행사 때는 반드시 '수필의 날 선언문'을 낭송한다. 우리는 그때 수필이 변하지 않으면 안 될 장르임을 실감하며 많은 것을 생각한다.

　2016년 4월 29일부터 30일까지 진행된 행사는 열여섯 번째였다. 그동안 여러 작가들이 수고 많이 하셨지만, 현재 재임 중인 지연희 회장님의 숨은 노고를 헤아리지 않을 수 없다. 지난 5년 동안 행사를 위해 밀고 나가는 추진력을 보면 수필의 앞날이 밝지 않을 수 없다.

행사 전 지역 간부들과의 섭외과정이나 여러 가지 지원 여부, 작가로서의 개성 있는 이미지를 유지하며 모든 것을 조율해 가는 것을 보면 참으로 대단하다. 행사를 준비하고 진행하는 과정에선 너나없이 어려움이 많이 산재해 있지만, 주최 측인 운영위원회에서 남다른 노력을 하고 있어 감사한 마음이다.

군산의 문화예술과 그 속에서 움트게 된 한국수필을 탐방하기 위한 떠남! 많은 수필가들의 도움과 함께 전라북도 군산시청, 문인협회 군산지부, 지리산문학관, 한국문인협회, 한국수필작가협회가 후원하며 계획한 행사는 군산예술의 전당 소극장에서 활발하게 개최됐다.

군산 지역은 예로부터 바다와 갯벌이 삶의 터전이라 뱃사람이 많이 산 반면, 선사문화시대부터 민족문화유산이 많은 곳이었다. 시대가 많이 변했지만 그곳에는 한국인의 기본 종교라고 할 수 있는 민속 신앙인 무교巫敎가 성행했던 곳이라 예술인들이 탐방하기에는 적합한 곳이었다.

군산 문학의 태동은 신라 시대의 문인 최치원, 고려 고종 때 문인 김희제가 있으며, 근대문학에도 태동기의 작가 채만식이 있다. 현대문학에는 고은과 문효치, 반항과 풍자적 측면에서 채만식 문학과 맞아 떨어진다는 라대곤, 그 외에도 많은 작가들이 있지만 지면상 모두 나열할 수 없는 것이 아쉽다.

'올해의 수필인 상'을 수상하는 신태환과 염정임 선생님의 수필 연륜, 군산문화예술 속 한국수필에 대해 날카로운 강의를 하신 유한근 선생님, 민용태 시인의 유머스런 시낭송과 몇몇의 수필 낭송자, 모든 것이 환기된 분위기는 누군가의 말처럼 '돈이 되는 것도 아닌 글쓰기'를 하면서도 보람을 느끼게 한 행사였다.

지연희 분과회장께서 수필인의 자존과 권익을 위해 생산적인 일에 다가가고자 '대한민국수필문학관 설립'을 위해 임기 내에 기초를 다지겠다고 선언한 것은 우리 수필인에게 획기적으로 다가왔다. '작가는 작품으로 말해야 한다'지만 그것을 지원할 수 있는 위상과 바탕도 중요해 미래지향적인 선언이다. 분과회장 혼자의 힘으로는 쉽지 않은 일이지만 전국 수필가가 힘을 합한다면 불가능한 일도 아니다. 한국수필의 질적 향상과 정체성을 곤고하게 다져가기 위해서는 고민할 일이라고 생각된다.

군산에서의 1박 2일, 그곳의 문화역사는 근엄한 뿌리를 연상하게 했다. 특히 채만식문학관과 근대 문화거리에서의 이런저런 옛날 풍경, 특히 '점방'은 간판만 보아도 막걸리 냄새가 코끝으로 올라오는 듯해 근대문화 중심지임을 연상하게 했다. 손님을 기다리는 모습으로 '여인숙' 입구 앞에 앉아 찍은 사진을 보면, 6~70년대 시간들이 마음 안에 살아 움직였다.

호텔에서는 때아닌 변비 때문에 난처한 일도 있었지만, 숙박한 호텔(세빌스)이 예상외로 깨끗해 집 떠난 하룻밤이 이색적인 시간임을 느끼게 했다. 여러 가지 사건과 생각, 이런저런 풍경은 글쓰기를 갈구하는 자들에겐 소재

발굴의 계기가 되어주기도 했다.

그뿐이랴. 군산의 그 묘한 독특한 분위기를 그냥 두고 올 수는 없었다. 밤 열 시가 가까워서일까. 아쉬운 마음에 호텔에 투숙한 우리 일행은 잠시 동안 '일탈'을 꿈꾸려고 호텔을 빠져나와 택시를 잡아탔다. 그곳이 시댁인 룸메이트 덕분에 '7080 나이트클럽'으로 달려가서 고독해 보이는 남자 한 명을 낚아챘다. 10병이 넘은 맥주로 목을 축여가며 뛰지 않는 가슴을 채찍질했다. 빙빙 돌아가는 레온싸인 아래서 케케묵은, 그러나 간간이 가슴속을 휘젓기도 했던 유행가를 몇 곡 부르고 나니, 눌림 당하고 있던 세포가 고개를 쳐들기 시작했다.

출발할 때 사당역까지 배웅해 준, 행사를 마치고 사당역에 도착하면 다시 그 시간 그곳에서 기다리고 있을지도 모를 그 사람을 포켓 속에 접어두고, 겹겹이 쌓인 스트레스를 휘휘 날려 보냈다.

글을 쓰는 자에겐 현실과 이상이 따로 움직일 수 있음을 실감한 시간이다. 점점 시간 앞에서 고개를 숙이는 자신을 위해 존재점검을 했다고나 할까. 정신적인 자유를 구가하며 허상의 길을 걸었다고나 할까. 글 속에 존재하는 온갖 것을 만날 수 있어 통쾌하다. 그 누구도 통제할 수 없는 자유가 숨어 있어 인가받은 그 날의 행사는 부자가 될 수밖에 없었다.

일탈이 섞인 시간도 때로는 생약이 될 때가 있다. 색다른 경험은 글을 쓰는 자에게는 작품을 구성하는 데 도움이 될 수도 있으니까. 부디 '문학관 건립'에 착수하기 소망하며 '그때 그날 그곳'에서 일어난 풍경을 열두 가지 색상으로 조율해 본다.

오차숙

1997년 『현대수필』등단

국제펜클럽 이사. 한국문인협회 이사, 현) 현대수필 편집장. 한국실험수필문학회 회장

저서: 작품집 『음음음음 음음음』, 『실험수필 코드읽기』 외

수상 : 제3회 구름카페 문학상, 제1회 에세이포레 문학상

e-mail: sokook21@naver.com

선유도

영혼의 곳간을 채운 날

우효순

낯선 곳에서 자고 일어난 아침. 창밖으로 보이는 익숙지 않은 거리에서 받는 설렘이 좋다. 인적 드문 거리에서 가로등 불빛 지키고 있는 초행길 음미는 여행지에서 꼭 해보는 것 중 하나이다. 선배님들 잠든 사이 몰래 군산의 새벽 세상을 감상하며 영혼 곳간에 새겨 넣어둔다. 가슴에 노래가 흐른다.

호텔 방에서 한이불 덮고 하룻밤 자고 일어난 오 선배님과 눈이 마주친다. 쌩긋 미소로 굿모닝 인사를 나누자 한방에서 잠들었던 선배님들이 하나둘 일어나신다. 아이 낳고 몸조리한 이후 처음으로 따뜻한 온돌방에서 몸을 지져보았다는 윤 선배님의 기지개 운동으로 힘차게 아침을 출발한다.

2016년 수필의 날 행사가 있는 군산 일정이 1박 2일임은 얼마 남지 않은 과자를 야곰야곰 아껴먹듯 짧은 시간 흐름이 아깝기만 하다. 채만식문학관, 근대역사박물관 관람, 문효치 시인 생가, 유람선 관광 등으로 엮어진 수필의 날 행사 중 백미는 군산 예술의 전당에서 열린 수필 행사가 아닐까 싶다.

해마다 열리던 일정 중에 다소 다른 점이 있다면 세미나 시간이 줄어들고 수필 낭송이 들어갔다는 점이다. 프로그램을 살펴보면서도 별 의식이 없었다. 수필은 눈으로 읽고 마음으로 음미하는 문학 장르라서 수필 낭송은 옳지 않은 형식이라는 글을 읽었을 때도 내 일이 아니라는 듯 무심한 표정으로 흘려보냈었다. 수필 낭송자가 무대에 나왔을 때까지도 별 관심이 없었던 것이 사실이다.

수필 낭송이 시작되자 곧바로 내 눈을 의심했다. 내 귀를 의심해 보았다. 이게 뭐지? 낭송자의 꾀꼬리 목소리에 감탄하고 안아주고 싶을 만큼 귀여운 몸짓에 나도 모르게 빨려 들어가고 있었다. 두근거릴 수 있는 시간에 홀려 넋 놓고 빠져들어 갔다. 지금까지도 수필 낭송자 모습이 잔영으로 선명하게 남아있는 것을 보니 꽤나 마음을 주었던가 보다. 나도 배워보고 싶어지면서 생긴 호감으로 수필 낭송이라는 장르를 생각하게 되었고 나아가 수필 변화에 대하여도 짚어보게 되었다.

기존 수필의 순기능대로 종이 인쇄 수필을 눈으로 읽고 마음속에서 음미하면서 되새김질하고 의미를 부여함도 물론 좋지만, 영상 문화 시대의 통속성과 찰나 속도에 길들여진 현대인에게 쉽게 전달되려면 수필도 변화를 필요로 할 것이다. 스피드를 요구하는 디지털 문화시대에 수필이 생존을 넘어 즐겨 읽혀지려면 수필 낭송처럼 짧은 길이가 승부 있지 않나 싶어진다. 책을 읽지 않는 독자들 사이에서 글 쓰는 사람의 자족활동에 머물 위기에 처한 오늘날 수필 상황을 보면, 눈으로 읽히는 수필만을 고집하지 말고 귀로 들려오는 수필도 수용하며 보는 즐거움까지 재미를 더함도 좋을 듯싶어졌다.

작가의 개성에 보편성, 항구성이 담긴 수필이라면 그것이 종이 인쇄 수필이든 사이버 수필이든 수필 낭송이든 독자의 영혼을 움직이는 감동적 문학 장르됨은 분명하지 않을까? 교통체증으로 신음하는 고속도로는 빨리 달리는 도로로서의 제 기능을 상실하게 되는 것처럼, 너무나 많이 쏟아져 나오는 수필이 사실 체험 나열식 일편이면 정체현상으로 수필로서의 제 기능을 잃다가 결국은 독자 선택에서 배제될까 저어된다. 수필의 장르를 논하기에 앞서 작가의 사실경험을 충분히 익히고 발효시켜 내면에 숨겨진 본질을 탐구할 수 있는 상상력이 더해진 수필이 된다면 독자 마음을 움직이는 감동력이 내포되지 않을까 싶다.

수필 행사 후 호텔 방에서 프로그램에 적힌 대로 '수필발전에 대한 팀별 토론'을 행하려 했으나 윤 선배님 생신 축하 웃음소리를 호텔 방 안에 가득 채워 놓다 보니 시간이 빨리도 지나갔다. 해서 정식 분임토의를 한 것은 아니지만 문우들이 한마디씩 거들며 내어놓은 말들을 종합하니 다음과 같다.

수필은 문학이다. 문학이란 상상력을 바탕으로 전개돼야 한다. 상상력이란 사실만을 나열해서는 담아낼 수 없는 부분이다. 사실에 얽매이지 말고 애틋하면서도 아름답게 여러 종류로 즐기는 것이라고 할 수 있겠다. 작가 자신이 겪은 평범한 일상을 사실 나열식으로만 적어 냄은 살면서 겪은 소재를 뒤져 힘들이지 않고 빚어내는 것일 뿐이다. 그것이 나쁘다는 것은 아니나, 인생의 연륜이 있는 나이이니 연력을 십분 살려서 글에 깊이와 무게를 담아낸 작품을 내어놓도록 각자 노력하자는 취지다.

수필은 작가가 겪은 것을 자신의 목소리로 풀어내는 까닭에 작가의 개성이 글 속에 그대로 드러난다. 나만의 특성이란 재료 삼아 나만의 글 형식을 만들어보자. 살면서 겪게 되는 숱한 경험으로 깊어지는 능력을 지혜라 한다. 연륜에 맞는 지혜로움은 은은한 향기와 포근함이 느껴지기 마련이다. 글 속에 녹여내어 여운이 오래 남는 글을 써보자. 너무나 많은 미사여구는 읽기 부담스럽다. 너무 많은 치장 글로 쓰는 수필보다 간단하고 짜임새 있게 쓰는 것이 현대 스피드시대에 독자들에게 흥미와 매력을 일으키게 하는 방법이 아닐까 싶다.

수필은 허구가 아닌 사실이다. 사실이라 해서 경험만을 쓰지 말고 숙성시키려는 노력을 기울여야 한다. 체험의 발효 기간을 거치다 보면 새로운 의미의 옷도 입게 되고 사실 열거에서 벗어날 수 있으며, 교훈을 이끌어 내는 문장이 될 수도 있다. 긴 시간 토의는 아니었지만 문우들과의 군산 하룻밤이 수필을 논하며 익어갔다. 언제고 따뜻한 기억으로 호출될 것이다.

글벗이란 말로 부족한 또 하나의 가족, 수필 식구들과의 1박 2일은 빨리도 지나갔다. 출발지였던 사당역에 도착하니 해가 뉘엿뉘엿하다. 놓기 싫은 손을 마주 잡고 헤어짐 인사가 길어진다. 언제나 그렇듯이 수필과의 여행은 영혼 곳간을 풍성하게 만들어준다. 이번 군산에서도 수필인과 함께 행복시간을 마음 한가득 담아오며 일상으로 돌아가 사용할 에너지가 가득 충전되었다. 같은 공간에서 쌓은 추억 안고 집으로 돌아가는 발길이 가뿐하다. 밤하늘을 올려다보니 휘영청 밝은 달과 쏟아질 듯한 별들이 내 안에 꽂힌다. 어찌하다 수필을 시작했을까, 어찌 이리 귀한 인연을 만났을까. 내가 참으로 기특해 보인 이틀이었다.

우효순
『수필춘추』등단
솔향문학회 회장

군산언니

유혜자

　　우리 연배의 초등학교 시절엔 국산 연필의 품질이 좋지 않았다. 칠도 안 한 생나무에 심지를 끼운 연필을 깎노라면 계속 심지가 부러져서 그냥 버리기도 하였다. 그런데 노란빛깔에 잠자리가 그려 있던 일제 톰보 연필을 쓰던 급우가 있었다. 내게도 몇 자루 주어서 한때 성적이 오를 만큼 열심히 공부하기도 했다. 군산에서 부자 일인과 살았던 친구의 언니가 광복 후, 남편을 따라가지 않고 재산을 차지했다고 한다. 그 언니가 연필뿐만 아니라 예쁜 필통, 크레용을 보내왔다. 특히 새콤달콤한 나나스키(물외짱아찌)라는 밑반찬도 보내와서 도시락 반찬으로 싸오면 동무들에게 인기가 있었다. 술지게미로 절이는 일본의 나라쯔케를 본 따서 우리가 만든 나나스키, 군산에 있는 백화 양조장에서 나오는 술 찌개미를 이용해서 나나스끼를 만드는 공장이 세워졌다고 했다. 일본인들이 많이 살았기에 우리네 선인들이 설움을 당하고 차별을 받았겠지만, 그때 어린 소견으로는 군산이 우리 고향보다 훨

씬 더 발전한 곳 같아서 부럽고 가보고 싶은 곳이었다.

초등학교 4학년 때 군산지역이 서쪽에는 서해, 동북쪽으로는 노령산맥의 줄기에 닿아 있어 해양성 기후와 뒤섞인 날씨로 더위와 추위의 차이가 작고 농사철에 비가 많이 내려서 농사짓기에 알맞은 곡창지대라고 배웠다. 일제 강점기에는 전주시와 군산시를 연결하는 근대식 도로 전군도로, 이리시(현 익산시)와 군산시를 다니는 철도를 놓아 군산을 호남평야의 쌀을 실어 나르기 위한 기지로 이용했다. 그 덕분에 군산이 우리나라의 중요한 무역항으로 성장하는 데 중요한 발판이 되기도 했다.

군산은 백제 때부터 군사와 교통의 중요 지역으로 중국과 일본을 잇는 중계지로 삼았다. 고려 때에는 세금으로 거둔 쌀이나 베 같은 것을 수도 개경으로 실어가기 전에 모아두는 조창을 바다 어귀에 세워서, 모아두었던 것들을 배에 싣고 개경까지 운반했다. 그때도 왜구들이 쌀을 탐내어 조창과 쌀을 실은 배를 습격했는데 고려 때는 최무선이 만든 무기 화룡과 화포를 써서 해적선 5백 채를 쳐부순 쾌거도 있었다고 한다.

대학에서 뛰어난 해학문학의 군산출신 작가 채만식의 소설 「탁류」를 배우면서 군산에 더욱 친근감이 들었다. 소설가로만 알려졌는데, 수필도 140편이나 남겼다는 사실이 얼마나 반가웠던지. 어느 잡지에서 읽은, 일흔다섯의 어머니가 새벽에 정화수를 길어다가 자식들의 복과 영달을 위해 무수히 절을 하는 모습을 그린 수필 「어머니의 슬픈 기원」은 감동적이었고 『한국수필문학대전집』 2권(범조사, 1975)에서 술 마시는 체험으로 그 해석과 이해를 쓴 「불가음주 단언불가不可飮酒 斷言不可」, 남행의 여창을 통해 보고 느낀 기행문 「남행기」를 읽었는데, 마침 동인들의 모임(수필문우회)에서 2004년에 수필 「명태」에 대한 합평회를 했었다.(내용 수록은 『계간수필』 2004년 여름호) "이 작품 이면에는 일제강점기 시대를 살아온 한국인의 모습이 깔려 있는 것이 아닌가, 한국인의 모습을 꼭 '명태'로 상징·비유했다고 단정하기는 어렵지만, 그 시대(「명태」는 1943년 작품) 조선 사람들의 바짝 말라 피골이 상접하고 두 눈알만 휑하니 돋보이는 모습이 명태와 겹치는 것을 부인할 수 없고, '배를 타고 내장을 싹싹 긁어내어… 모름지기 명태 신세는 되지 말 일이다'는 문장은 1940년대 전후의 한국인의 모습을 묘파한 것으로 「명태」에는 식민지 시대 한국의 모습이 그대로 나와 있다. 당시 일반적으로 문장이 길었는데 이 글의 문장은 짧고 문체가 간결하다. 그 사이사이 재미있는 발상을 많이 집어넣은 것이 특징으로, 여기서 그의 풍자와 해학은 묘사의 해학이기보다는 발상의 해학"이라는 것이 주요 평설 내용이었다.

문학작품에서나 어려운 식민지시대를 치열하게 살아온 문인들의 작가정신을 엿보면서 군산시민들의 빼앗긴 정서를 짐작할 뿐, 군산을 한동안 잊고 지냈다. 명태를 먹으면서 '조선 사람들의 바짝 말라 피골이 상접하고'의 구절을 생각하기도 했는데, 9년 전 봄 군산에서 보낸 명태 아닌 '서대'가 든 택배를 받았다. 춘천에 살던 친척 언니가 소식도 없이 군산으로 이사를 했던 것이다.

새로운 국토 새만금. 세계 최장 방조제인 네덜란드의 주다치 방조제 (32.5km)보다 1.4km 더 긴 방조제 건설로 군산시·김제시·부안군 공유수 면의 401km²(토지 283km²·담수호 118km²)가 육지로 바뀌어 서울시 면적의 3분의 2(여의도 면적의 140배)에 이르는 간척지가 조성되었다는 보도가 반가웠었다. 언니네 집이 그곳에서 가깝다니까 우리 국토가 10만 140km²에서 10만 541km²로 늘었다는 것을 실감하러 그곳에 갈 수 있다는 생각에 설레었었다.1991년 시작한 공사가 진행되면서 환경오염 문제 제기로 간척사업의 찬반 논란이 빚어지기도 했다. 물막이 공사 완공을 남겨둔 시점에서 공사가 두 차례나 중지되었지만 2007년에 완공, 2010년에 준공식을 했었다. '아리울' 신도시 조성을 비롯한 농업단지, 첨단산업단지, 신재생에너지단지 등등 그 밖에도 7가지 단지 조성의 계획을 발표했을 때 가슴 벅찬 희망을 품었었다.

최근(2016년 5월 27일) 새만금 개발청은 서울 신라호텔에서 개최된 제 14차 한중 경제장관회의에서 양국이 '새만금 한중 산업협력단지'에 대해 공동으로 단지개발, 투자, 혁신 등을 추진하기로 합의했다는 뉴스에 군산 시민 뿐만 아니라 우리 모두가 고무되었다.

군산 특산품 중의 하나인 서대, 적당한 해풍과 온도로 말린 것을 보내준 군산 언니는 봄철에 잃은 가족들의 입맛을 찾아주었다. 어렸을 때 학업이 향 상되게 해준 친구의 군산 언니 소식은 모르지만, 새만금 간척지의 진척상황을 들려줄 수 있는 친척 언니가 계셔서 든든하다. 새로운 간척지가 유명한 만경·김제평야와 같은 옥토로 일궈지고 그 밖에 여러 가지 추진하는 단지의 사업들이 차질 없이 성공적으로 이뤄지고 있다는 소식을 생생하게 듣고 싶다.

군산의 발전이 곧 우리나라의 발전이고 여러 분야에서 우리가 세계에 앞장 설 날이 당겨지기를 뜨거운 가슴으로 기다리고 있다.

유혜자

1972년 『수필문학』 등단
MBC라디오 PD, 한국수필가협회 이사장 역임
수상: 한국문학상, 펜문학상, 조경희수필문학상, 흑구문학상(2013) 외 다수
저서: 수필집 『사막의 장미』, 『스마트한 선택』 등 8권, 음악에세이 『음악의 에스프레시보』 등 4권

섬으로 가는 뱃길에서

이경담

　　땅끝 마을에서 떠난 뱃길은 순항이었다. 갑판 위에 서니 몸을 가누지 못할 정도로 바람이 거셌으나 바다는 잔잔했다. 배는 하얀 포말을 일으켜 길게 꼬리를 달고 푸른 물을 가르며 육지에서 멀어져갔다. 등 뒤로 바람을 맞으며 내가 떠나온 곳을 바라보았다. 육지는 뱃길이 길어짐에 따라 바다와 하늘의 경계에서 희미하게 지워져 갔다. 그곳에 남긴 내 삶의 부스러기들은 시야에서 벗어나는 듯 영향권 밖이 되었다. 떠나온 자가 누리는 홀가분함인가, 손을 흔들며 작별 인사를 하고 싶었다.

　　어찌하다 보니 그리되었던 일들, 어찌 오다 보니 여기까지 온 것처럼 지내온 세월이 목표나 목적으로 아우를 수 있는 내 의지와는 별도로 진행된 듯이 여겨진다. 그 가운데 낙담하여 주저앉기도 하고 희망을 찾고 다시 일어서기도 하며 나름대로 용을 쓰며 살아온 날들이 아닌가. 수많은 날들과 일들이 파편으로 흩어지고 물거품으로 부서지고 만다. "어떻게 여기까지 왔는지 모르고 늙어버렸다."라고 푸념하던 영화 〈유스〉의 주인공들처럼 지나온 날들이 망원경을 거꾸로 돌려 바라본 과거처럼 멀고 아득하다.

두고 온 나의 삶터는 땅끝마을에서 배 위에 올라서는 순간 내 발길이 닿지 않는 공간이 되었으나 돌아오면 다시 내 영역이 된다. 일정한 시간을 빌어 공간을 이탈한 나는 잠시나마 내 삶을 멀리서 바라볼 수 있는 기회를 가졌다. 그동안 쓰라린 세상 바람을 맞으며 허우적대다가 길을 잃지 않았는지, 또 내가 가야 할 길 위에서 겁먹지도 않고 흔들리지도 않을 만큼 단단한지, 지나온 삶을 되돌아보고 싶었다. 분주하고 시끄러운 도시를 떠나 느린 속도와 한가한 풍경 속에서 다른 삶의 모습과 의미를 찾아보고 싶었다. 세상과 떨어져 파도 소리를 들으며 조용히 내 삶을 반성하고 싶다.

배는 시끄럽게 엔진 소리를 내고 물보라를 뿜어내며 마치 육지의 추적을 따돌리기라도 하는 양 시원스레 나아갔다. 떠나온 곳이 멀어지자 두고 온 나의 잡다한 일들도 함께 사라지는 듯했다. 그 상태도 좋았다. 밤하늘에서 비행기 창밖으로 내려다보았던 일이 떠올랐다. 지상에는 놀랍게도 하늘의 별들이 내려앉아 있었다. 오색찬란한 보석이 되어 깜박거리는 별 하나하나는 여느 가정집 창문에서 새어 나오거나 일터를 밝히는 불빛이라는 생각에 가슴이 아릿했다. 비록 그 안에 짓누르는 아픔과 고통이 있다 해도 바라보이는 것은 오직 반짝이는 불빛, 지상의 별빛이었다. '인생은 가까이에서 보면 비극이지만 멀리서 보면 희극이다'는 말처럼 멀리서 보는 삶터는 별처럼 빛났다. 떠나오니 아무것도 아니고, 멀리서 바라보니 아름답기만 하다.

뱃전에서 뒤로 돌아서서 갈 곳, 섬을 향해 눈길을 돌렸다. 망망대해에 크고 작은 산처럼 솟은 여러 섬들이 또 하나의 땅을 형성하고 사람의 발길이 닿기를 기다리기라도 하듯이 나소곳하다. 바닷물에 산자락이 잠기거나 아늑하게 품을 이루는 부근에 옹기종기 마을이 들어앉은 섬이 보이는가 하면 사람의 흔적 없이 초목 푸르고 바위 우뚝한 섬도 있다. 내가 머물 섬에 대한 기대로 가슴이 부푼다. 그곳에서 사람들은 어떻게 살고 있을까. 마을의 집들은 어찌 생겼을까. 푸른 바다도 아침저녁으론 붉게 노을지겠지. 파도에 부서지는 햇살과 달빛은 꿈결 같을 거야. 바다로 이어지는 길가엔 노란 유채꽃이 한들한들 피었겠지. 산으로 오르는 길목 동백나무는 아직 선홍빛 꽃을 뚝뚝 떨어뜨리고 있을까.

한 발 한 발 딛고 지나온 과거는 그리 쉽게 희미해지는데 앞으로 내디딜 장소는 별 근거 없이도 생생한 감각으로 다가왔다. 새로운 땅에 대한 설렘으로 내 모든 촉수는 예민하게 반응하여 보이는 것과 들리는 것, 그 어떤 것도 놓치지 않으려는 듯 분주해졌다. 떠남과 새로 만남의 이치가 이러한 것인지. 흐르는 시간 속에서 공간을 이동하여 지나온 삶을 점검하기에서는 과거와 미래의 무게가 원하는 대로 저울추의 균형을 잡아주지 못했다. 과거는 작아지고 멀어졌으며 미래는 크고 가까웠다.

섬이 어느덧 바로 눈앞에 있다. 흔들리던 배는 물 위에 멈추고 사람들이 땅을 향해 부산히 움직였다. 다가올 공간에서 삶이 어떻게 펼쳐질지 모른다. 그럼에도 설레고 발걸음은 날듯이 가볍다. 지나온 날들에 곳곳이 내디뎠던 첫걸음들도 그랬지. 이제는 바다 가운데 섬이다. 풍파에도 꿋꿋하게 지켜온 듬직한 산, 삽상한 공기가 흐르는 들과 거기에 가득한 햇살, 쉴 새 없이 밀려왔다 나가는 바닷물이 들려주는 파도 소리, 아침저녁으로 펼쳐질 해돋이와 해넘이의 장엄한 바다 풍경은 도시에 갇혀 흐느적거리던 나를 건강하고 견고하게 만들어 줄 것이다. 선착장에 내리자 비릿한 갯냄새가 코를 자극했다. 짭조름한 바닷바람이 성큼 나를 안는다.

이경담

『선수필』 신인상 등단
저서: 동인지 『자작나무 숲에서』, 『오수의 꿈』, 『우산의 기울기』, 『아침 산책길』 등

군산의 열기

이순애

　　제16회 수필의 날은 뜨거웠다. 사월의 꽃에 입 맞추는 태양 같은 마음들이 전국에서 군산으로 모였다. 그들의 열정을 들어 올리는 군산시는 시간마다 한 층 한 층의 향기로 탑을 올리듯 1박 2일의 추억을 쌓게 했다. 여러 시대에 걸친 역사적 유물의 행적에 사색할 수 있고 현재와 미래의 발전과 계획에 환호하며 한 도시의 품에서 수필가들의 꿈을 뜨겁게 펼칠 수 있는 날들이었다.

　　꿈이란 쉬운 말은 아니다. 그 날개에는 고통의 발판이 있다. 절망과 고통을 밟고 힘차게 내디뎌야 하는 인고의 세월이었다. 그런 세월을 수필가들과 군산시는 견디어 오늘의 만남에 이른 것이다. 군산의 역사를 꽃피우기에는 춥고 긴 밤을 지냈다. 사월이라는 찬란한 태양을 맞이하기 위해 늘 맑은 날이 있기를 기대하지 않았다. 겨울에 자란 나무의 나이테가 여름의 부분보다 더 단단하다는 사실을 알고 있었다. 시민 하나하나의 뜨거운 가슴들은 작은 것에서부터 단단한 기초가 되어 거대한 도시가 잉태되었음을 알 수 있었다.

꿈은 오래 꿀수록 단단할 수 있으나 오래된 신발은 신을 수 없었다. C 수필가의 나들이에서의 일이다. 메이커 신발을 한동안 신지 않다가 편할 것 같아서 신고 왔단다. 죽전에서 수원 가는 지하철에서부터 신발 밑창이 떨어지기 시작했다. 고무줄로 묶고 휴게소에서 본드를 사서 접착을 시키도록 했다. 그때뿐이었다. 옆에서 보기 안타까워 군산에서의 첫날은 불안하고 초조하기도 했으나 또 다른 따뜻함을 엿볼 수 있었다. 식당에서 식사를 하고 나오며 테이프가 있느냐고 물었다. 주인은 신발 바닥을 꼼꼼히 살피며 테이프를 감고 남은 것은 C 수필가의 주머니에 넣어주며 필요할 때 붙이라고 한다. 친절에 감사드리자 군산에 오신 손님인데 우리가 책임지고 잘해드리는 게 당연하다고 한다. 군산이 그냥 되어 진 것이 아니었구나 싶어 마음 한구석이 뜨거웠다.

군산시의 인심은 널널했다. 공용 화장실이 아닌 개인 가게 앞에 관광차를 대놓았다. 군산의 명물 이성당 빵의 배달을 기다리는 중이었다. 갑자기 남의 가게 안의 화장실로 수십 명이 들이닥쳐 볼일을 보게 해주는 인심은 어느 도시에서도 있을 수 없는 일일 것이다. 너무 미안한 나머지 물을 내리지 않고 여러 사람이 일을 보았으니 얼마나 고맙고 염치없는 일인지 알만했다. 군산을 떠나면서 도시의 발전과 안녕을 위해 마음 모아 뜨겁게 기도했다.

많은 아픔을 지닌 군산은 뜨거울 수밖에 없다. 일제 강점기의 아픈 상처를 겪어 이대로는 안 되겠다는 각오를 서게 했을 것이다. 많은 문화유산을 발

굴하고 걸출한 문인들, 과거 채만식부터 현재 고은과 문효치 등을 배출하고 있다. 과거의 아픔을 지우지 않고 될 수 있는 한 원형 그대로 보존하는 시정市政을 펼쳐 후손들에게 교훈으로 삼고 있었다. 문효치 한국 문협 이사장의 생가에서는 마음을 비움으로 더 큰 것을 채워주신다는 것을 배웠다. 시의 재산으로 등재되어 문화재로 관리함으로써 더욱 빛나는 것을 보았다.

천혜天惠의 자연을 품은 군산이었다. 다소곳이 순결을 지키면서 한편 무섭게 발전하는 군산의 잰 발걸음이 뜨거웠다. 과거는 눈물이었을지언정 오늘은 한바탕 웃음 짓는 군산시에서 수필가들은 하면 된다는 용기와 희망을 품고 돌아설 수 있었다.

이순애

충남 논산 출생, 한국방송통신대학교 국어국문학과 졸업, 한국방송통신대학교 문화교양학과 졸업
독서 지도사
『문파문학』시, 수필부문 신인상 등단
한국문인협회 회원, 문파문학회 운영이사, 시계문학회 회장 역임, 방송대문학회 부회장 역임
저서: 공저『바람이 창을 두드릴 때』, 『문파문학 대표 시선 집』, 『등나무 풍경』외 다수
e-mail : slove668@hanmail.net

군산에서의 시간여행

이흥수

　　오늘은 군산에서 열리는 제16회 수필의 날이다. 행사에 참가할 회원들과 일찌감치 약속 장소로 나갔다. 포근한 햇살에 상쾌한 바람이 부는 전형적인 봄 날씨다. 준비된 몇 대의 버스를 타고 군산을 향해 시간 여행을 떠나는 회원들의 표정은 한껏 들떠있다. 각 문학회마다 삼삼오오 짝을 지어 화사한 웃음꽃이 만발한다. 올해로 삼 년째 수필의 날 행사에 참석하고 있다. 지난 행사장들은 집과 비교적 가까운 거리에 있어, 1박 2일로 참여하는 행사는 처음이라 더욱 기대가 된다. 군산은 곳곳에 구석기, 신석기 시대의 유물이 출토되고 마한, 백제의 유물이 발굴되는 유서 깊은 역사의 도시다.

　　군산의 대표적인 근대 소설가인 채만식문학관을 관람했다. 일제 강점기의 사회 부조리와 수탈을 주제로 한 소설, 희곡, 수필 등 340여 편의 작품이 남아있다. 전북 군산이 고향인 작가 채만식(1902-1950)은 특히 1930년대의 암울했던 사회상을 풍자적으로 그려낸 「탁류」가 대표작으로 꼽힌다. 「탁류」는 1939년에 집필된 장편 소설로 충청도와 전라도의 접경을 타고 흘러

온, 금강이 끝나는 곳에 걸터앉은 항구도시 군산을 배경으로 했다. 일제 강점기 인천 부산과 함께 당대의 대표 물류 기지였던 군산은, 일본의 식민지 수탈의 전초 기지 역할을 하였다. 일제의 억압과 자본주의의 억압이 조선 민중을 억누르는 시간적 배경을 작가의 시선으로 표현한 작품이다. 군산은 소설가 채만식뿐만 아니라 노벨 문학상 후보로 오른 시인 고은을 비롯하여 현재 한국문학의 수장인 문효치 한국 문인협회 이사장의 고향이기도 한 문화의 역사를 가진 고장이다.

근대역사박물관에 들렀다. 군산은 국내에서 근대 문화유산이 가장 많이 남아 있는 곳으로, 이들 문화유산을 한곳에서 감상할 수 있도록 박물관을 건립하였다. '역사는 미래가 된다' 는 모토로 만들어진 근대역사박물관은 과거 무역항으로 해상 물류 유통 중심지였던 옛 군산의 모습을 생생하게 재현해 놓았다. 일층 로비에 축소해서 세워진 어청도 등대는 해양수산부의 '아름다운 등대 16경'에 뽑힐 만큼 군산의 자랑거리다. 1912년 3월 1일에 점등하여 오늘까지 고군산군도 앞바다를 비추고 있다. 해양 물류역사관, 어린이 체험관, 근대 생활관, 기획 전시실, 등으로 구성되어있다. 특히 1930년대 시간 여행을 주제로 군산에 있던 건물을 복원한, 근대생활관은 관람객들에게 가장 인기 있는 공간이다. 일제의 강압적인 통제 속에도 굴하지 않고 치열하게 삶을 살았던 군산 사람들의 흔적이 고스란히 담겨 있기 때문이다. 호남에서 산출된 곡식을 수탈하여 배에 싣고 일본으로 실어 나르는 장면은 나라 잃은 민족의 애환을 다시 한 번 뼈저리게 느낄 수 있었다.

동국사로 발길을 옮겼다. 들어서자마자 어느 일본의 절에 온 듯한 착각이 들었다. 1913년 일제 강점기에 일본 승려 우찌다가 일본에서 직접 건설 자재와 나무를 가져다 심은 한국 유일한 일본식 사찰이다. 주요 건물은 대웅전, 요사채, 종각, 등이 있다. 대웅전은 팔작지붕 홑처마 형식으로 일본 에도시대의 건축 양식으로 일본 사찰의 특징을 나타내고 있다. 건물 외벽에는 창문이 많고 우리나라 처마와 달리 아무런 장식이 없었다. 처음에는 '금강사'라는 이름으로 창건되었다가 해방 후 김남곡 스님이 '동국사'로 이름을 바꿨다. 일제 강점기 종교에까지 그들의 양식을 고집한 만행에 식민지배의 아픔을 또다시 확인하였다. 아무리 둘러보아도 낯설기만 한 동국사는 군산 출신 고은 시인이 한때 출가하여 불경을 공부한 절로도 유명하다.

　군산은 기름진 들녘과 풍부한 바다, 천혜의 비경이 아직도 때 묻지 않고 남아 있는 어디에서도 보기 드문 아름다운 고장이다. 곳곳에 지금껏 남아 있는 일제 강점기의 여러 자취들은, 사람들의 관심을 끌기에 충분한 근대문화 유산으로 자리매김하고 있다. 새만금을 비롯한 첨단 산업 도시와 국제 무역항으로 발돋움하는 21세기 약속받은 땅이다. 과거의 힘든 삶을 딛고 현재와 미래로 힘차게 뻗어가고 있는 군산을 보며, 시간 여행 내내 숱한 역사를 간직한 보물 같은 도시라는 생각을 떨쳐 버릴 수 없었다.

이흥수

경북 김천 출생, 동국대학교 국문학과 졸업
『문파문학』 수필 부문 신인상 당선 등단
중등학교 교사역임
시계문학회 회원, 문파문인협회 회원

마한의 땅 군산

임금희

군산 시내 위로 어스름을 밀어내며 해가 오른다. 밤새 내려와 잠들어있던 안개가 해의 빛을 받아서 분홍빛의 세상을 만들고 있다. 전날 잠자리에 들기 전에도 밖이 궁금해서 창밖을 보면서 도시가 잠들어가는 모습을 눈에 담았다. 군데군데 도시의 불빛이 어둠에 스미는 거리를 미미하게나마 지키는 듯 보였고 주차되어 있는 차들까지 편안한 느낌을 주었다.

여명에 눈뜨는 도시를 보고 싶어서 동트기 전에 일어났다. 정겨운 느낌이 드는 도시다. 어제와 다른 새로운 하루의 아침을 문학으로 만난 사람들과 함께 군산에서 맞이한다. 나지막한 산과 비슷하게 크고 작은 시내 건물, 서울에 비하면 듬성한 집들이 안온함을 선사한다.

군산의 한자풀이는 한데 모여 있는 산이라는 뜻이다. 산과 바다가 어우러진 곳이던가. 멀리 산과 구릉들이 보인다. 시내의 낮은 도상 구릉지는 옛날 섬이었던 부분이다. 군산 앞바다에는 고군산군도가 밀집되어 있다. 태곳

적 차령산맥의 침강으로 고군산군도와 크고 작은 여러 섬들이 흩어져 복잡한 해안을 이루었으나 도서들은 금강의 유수와 조수작용으로 토사가 퇴적되어 반도로 형성되었다.

군산시 옥도면에 위치한 고군산군도는 예로부터 선유8경이라 하여 수려한 자연 경관으로 유명하여 많은 사람들이 찾아오는 곳이다. 이름도 기이한 무녀도, 선유도, 장자도 등 사람들이 거주하는 섬들과 수십 개의 무인도로 펼쳐진 아름다운 섬의 무리가 서쪽 바다에 놓여 있다.

군산여행은 이번이 두 번째다. 첫 번째는 아주 오래전에 왔었다. 그때 무슨 생각을 했었을까. 이십 대의 젊은 나이에 선유도를 보겠다고 여름휴가를 이용해서 왔다. 버스와 기차를 타고 군산 항구에서 선유도 가는 배를 타고 들어가서 평화로운 섬 속에서 지낸 적이 있었다. 계획을 세울 때는 친구와 셋이었는데 동생들도 따라나서면서 이상하게 번지더니 가고 싶어 하는 주위 사람들을 다 데리고 가게 됐다. 아마도 선유도라는 이름이 다른 사람들에게도 호기심을 불러오지 않았나 싶다.

내 남동생과 여동생, 친구들, 결혼한 친구와 그의 남편 그리고 돌도 안 된 아기까지 왔다. 민박집 마루에서 아기가 기어 다니며 놀던 모습이 떠오른다. 그리고 나는 그때 막 사귀기 시작한 내 남자친구까지 데리고 왔다. 무슨 용기였을까. 사람이 아홉 명이다 보니 짐도 많아서 민박집에서 리어카를 빌려주었다. 모래사장을 따라 짐으로 가득 찬 리어카를 끌며 서로 웃고 떠들면서 즐거워했던 기억이 생생하다.

군산은 우리 동네같이 편안했고 선유도는 이름 그대로 신선들의 노니는 장소같이 신기하고 묘해서 이곳에 오래 있으면 다 신선이 될 것 같은 느낌이 들었다. 그 당시 선유도는 사람들이 잘 모르는 곳이라 한적하고 평온했으며 태고의 흔적인 구릉의 선이 고왔다. 오래전 일이라 세세한 일들은 희미하지만 뜨거운 태양이 쏟아져 내려 황금빛으로 빛나던 커다란 바위와 쪽빛 바다에서 찰랑거리던 반짝임을 잊을 수가 없다. 그때의 여행은 기억 속에서 점점 멀어지는데 그 남자친구가 지금의 남편이 됐으니 이곳은 기묘한 인연 속에 이미 내게 들어와 있었다.

추억이 있는 곳 군산을 문학기행으로 다시 바라본다. 가족과 문학은 나의 버팀목이다. 군산은 문학이 꽃 핀 곳이기도 하다. 한국전쟁시절 윤극영 선생님은 군산에서 고은 시인을 만났다. 그는 첫 만남에서 고은이 시를 쓴다는 이야기를 듣고 "항구에는 시인이 있어야 해요. 그렇지 않으면 항구가 쓸쓸하지."라고 격려했다고 한다. 고은 시인은 군산에서 태어나 학교를 다녔고 이곳에서 교사 생활을 했다.

나의 추억과 문학이 서로 얽혀서일까. 군산은 느리고 완만해 보이는 구릉과 섬과 건물들이 엎디어 있는 평범한 모습인데도 매혹적이었다. 항구에 정박해 있는 배만 보았는데도 가슴이 뛰었다. 뭔지 모를 오묘함과 문학과 사연들이 숨어 있다가 빼곡히 고개를 드는 기분이었다. 이곳을 바라보는 나의 시선이 남다르기 때문일 것이다.

군산은 고대국가 마한의 땅이었다. 선조들은 북쪽 저 먼 추운 곳에서 따뜻하고 살기 좋은 곳을 찾아 내려와서 굽이굽이 강이 흐르고 서쪽으로는 점점이 섬이 떠있는 태고의 신비를 간직하고 있는 이곳에서 땅을 일구고 고기를 잡으며 공동체를 이루었을 것이다. 섬이 모여 반도가 되듯이 사람들도 그렇게 모여들어서 아이들을 키우고 오랜 세월 자연에 순응하며 살았을 것이다. 도시가 아련하게 다가온 이유를 알 것 같다. 멀리 구릉만 보아도 고대의 이야기가 들려온다. 저 속에는 바다의 사연이 켜켜이 들어가 지층을 이루었을 테지. 그 위로 사람들의 인연이 쌓이고….

지금처럼만 따스하기를 아직 안갯속에 흐릿한 분홍빛의 해를 바라보며 빌었다. 문학이라는 이름으로 수백 명의 사람이 모이고 그 옛날 한 조그만 여자가 이런저런 지인들을 무작정 이끌고 오는 그런 푸근한 곳으로 남아 있기를….

임금희
『한국수필』등단
MBC아카데미 강남수요수필 회장 역임
수상: 2012년 『지필문학』시 부문 신인상
e-mail: r-keumhee@hanmail.net

군산에서 한 수 배우다

장호병

 현대를 살면서 근대라는 말에 마음이 끌리는 것은 무슨 연유일까. 지나온 시간들로 쌓여가는 양 때문만은 아닐 것이다. 현대로 무사히 건너왔다 할지라도 우리는 늘 건너온 징검다리를 되돌아보게 된다. 특히 우리 역사에서 근대는 엄청나게 큰 대가와 민족적 희생을 치렀다.

 수필의 날 행사가 군산에서 열린다는 소식을 들었을 때 나는 이제까지 한 번도 가본 적이 없는 군산의 근대골목을 떠올렸다. 이미 웹상에서 군산의 근대골목은 소문이 나 있는 상태였기 때문이다. 역사적 발자취를 둘러보면서 나도 모르게 속으로 '아하!'를 외치는 버릇이 있다. 사금파리, 기왓장 하나에서도 선인들의 숨결을 느끼면서 그들과 대화를 나누는 시간여행을 즐기곤 한다.

 이튿날 아침 한국에서 유일하게 존재하는 일본식 사찰 동국사 가는 길에 일본식 가옥들과 문화거리를 만났다. 일본의 어느 거리를 거니는 게 아닌지

착각이 들 정도로 정비가 잘 되어 있었다.

문효치 이사장의 생가 방문에 동행하였다. 남평 문씨 세거지란 안내판이 눈에 띄었다. 남내마을 생가에서는 농악대가 나와서 우리 일행을 환영했다. 가난을 구휼한 선대(제주 고씨 부인)의 미담을 들으면서 남평 문씨 대구 세거지를 떠올렸다. 노블레스 오블리주를 실천하는 가문이다. 대구에 살면서 외지인들에게 남평 문씨 세거지를 더러 안내한 적이 있기에 그렇게 반가울 수가 없었다. 특히 인수문고와 그 내력은 우리 후세들에게도 귀감이 된다. 이번 여름 문 이사장님께 대구 세거지를 안내할 수 있었던 것은 문 이사장님에게나 나에게도 큰 기쁨이었다.

서울에서의 일정이 기다리고 있어 선유도행은 포기했다. 자동차에 오르기 전 마을사람으로부터 추천을 받아 쌍천雙泉 이영춘李永春 가옥을 찾았다. 처음에는 반가 고택인 줄 알았다.

이 집은 일제 강점기 조선의 토지를 헐값으로 수탈하여 군산지방의 대지주가 된 구마모도가 지은 별장으로 조선총독부 관저와 비슷한 규모의 건축비가 들어간 호화로운 건물이다. 외양은 유럽풍이나 내부는 일본식 다다미, 조선식 온돌을 겸하고 있으며 벽난로가 갖추어져 있으며 해방 후 쌍천이 여기에서 살았다.

쌍천은 평남 용강 출신으로 평양고보를 나와 한때 경북 성주에서 교직에 발을 딛기도 하였다. 세브란스 의전을 나온 그는 1935년 33세의 나이로 구

장호병

179

마모도 농장 부속 자혜진료소 소장으로 부임하였다. 그의 호에서 보여주듯 그는 소작인들의 질병 치료와 식민 약탈에 신음하는 동족들의 아픔을 치유하는 데 혼신의 힘을 기울였다.

일제가 패망하면서 물려받은 이 농장의 재산으로 그는 호화롭게 살 수 있었지만 그는 개인의 재산으로 등기하지 않았다. 개정병원, 개정농촌위생연구소, 개정간호전문대학, 화호여자 중·고등학교, 개정뇌병원 등 수많은 학교와 의료 시설을 설립하였다. 한국인 교수 아래서 이루어낸 국내 의학박사 1호의 명성을 업고 부귀영화를 누릴 수 있었음에도 그는 가난과 질병에 허덕이던 농민들을 위한 농촌보건진료 활동에만 매달린 한국의 슈바이처였다.

결핵 연구 중 부인과 첫딸을 결핵으로 잃고, 두 번째 부인마저 농촌위생병원 준공 후 과로사로 잃는 비운을 겪었다. 세 번째 결혼하여 슬하에 8남 6녀를 두었지만 자식들에게는 유산을 남기지 않았다. 재정적으로도 우여곡절을 많이 겪어야 했다. 우리 사회와 나라에는 큰 별이었음이 분명하다.

쌍천 이영춘 선생과의 만남은 큰 수확이었다. 위세등등했던 구마모도의 별장에서 쌍천의 슈바이처 정신을 만나서 참으로 다행이었다. 여기에 농장주가 입었음직한 옷가지와 다구 등이 놓여 있었더라면 내 가슴은 찢어졌을 것이다. 자상한 아버지를 느낄 기회가 상대적으로 적었던 많은 자녀들에게 무언가 빚진 마음을 감출 수 없었다. 집을 나서면서 그들에게 행운이 늘 함께하기를 빌었다.

전국 몇 곳에서 근대문화역사거리를 보존 또는 재현하고 있다. 일본식 건물이 주를 이루는 일제수탈의 현장이었음을 보여주어야 한다. 그럼에도 기모노나 다구를 비치 마치 일본문화원처럼 꾸며 놓은 것을 보면 피가 거꾸로 돌 것 같다. 한글을 크게, 한자를 작게 쓴 중국 연변의 도로표지판을 보고 가슴뭉클했던 기억을 지울 수 없다.

우리의 근대문화역사거리를 본 일본인들의 가슴에는 그들의 할아버지가 저질렀던 야만적 행위와 강제수탈에 대한 반성은커녕 '과거의 영화'에 고무되지는 않을까. 민족, 국가, 국민이라는 대의 앞에서는 야만적 폭력도 아전인수식으로 용인되는 것은 나나 너나 마찬가지일 것이다.

현대로 건너왔던 근대화의 징검다리, 다시는 이런 큰 대가의 다리를 후손들에게 물려주지 말아야 한다.

장호병
한국수필가협회 부이사장
대구문인협회장, 대구교육대학교 출강
저서: 수필집 『실키의 어느 하루』 외 『글, 맛있게 쓰기』, 『로고스@카오스』, 『Half Flower』 등

잃음과 잊음의 사이 외딴 섬 군산 전수림

수필가들에게 가장 큰 행사를 꼽으라면 수필의 날 행사다. 전국 규모로 수필의 역사를 짓는 일에 동참하는 일은 의미가 깊다. 이번 제16회 수필의 날 행사는 시간을 달리는 군산에서 이루어졌다.

근대를 짊어진 군산은 잃음과 잊음의 사이에 떠 있는 섬이라고 소개했다. 제26대 한국문인협회 지연희 수필분과회장은 회원들의 창작의욕을 고취시키고, 수필인과 수필이 하나로 소통의 끈을 이어가는 잔칫날이 되었으면 희망했다.

이번 행사는 지연희 수필분과회장이 최선을 다하여 이루어낸 결과물이다. 개회선언을 시작으로 수필의 날 선언문 낭독과 올해의 수필인상 시상식, 또 여러 문인들의 축사와 '군산문화예술 속 한국수필'이란 주제로 수필 문학 세미나가 있었다. 마지막 순서로 수필낭송과 모든 이들을 열광시킨 작은 음악회를 끝으로 성대하게 마무리했다.

문학인의 한 사람으로 으뜸가는 관심사는 역시 문학관이다. 금강변에 정박한 배를 형상화한 채만식문학관은 근대 군산을 소재로 한 소설 「탁류」의 채만식 선생의 생애와 작품 세계를 조명하고, 관련 유품이 전시되어 있다. 문학인뿐 아니라 관광객들도 함께 문학 속으로 빠져볼 수 있는 과거로의 여행 같아 좋다.

더불어 문효치 시인의 생가, 동북아의 허브를 꿈꾸는 새만금 방조제, 수려한 경관을 자랑하는 선유도, 신흥동 일본식 가옥. 차에서 내리지도 못하고 점만 찍고 온 철새 조망대는 얄궂은 기록으로만 남겼지만 행사는 다음 날까지 볼거리, 즐길 거리로 수필가로서의 이해와 소통의 장으로, 더할 것 없는 수필의 역사를 만들어가는 만남이 되었다.

근대역사의 산물로 일본의 영향을 받은 건물들은 이국적이기까지 하다. 일제 침탈의 역사를 한눈에 볼 수 있지만, 한쪽에서는 미래지향적인 새만금 방조제가 어마한 위용을 자랑했다. 지도가 바뀔 정도의 새만금 방조제의 역할은 앞으로 군산이 어떻게 바뀔지 미래가 기대되었다. 낙조와 해수욕장이 일품이라는 선유도는 뱃길만 충만했다. 시간 관계상 수려한 섬을 물길로만 돌아보게 되어 아쉬움으로 남았다. 군산을 두루 돌아보며 느낀 점은 따스함이었다. 무엇이든 품어줄 수 있는 여유가 느껴졌다.

이건 여담이지만, 옆에서 지켜보니 행사를 진행하는 사람들은 온갖 어려움에 시달렸다. 좀 심하다 싶을 정도로 힘들겠다는 생각을 했다. 많은 사람이 몰리다 보니 식사와 숙소, 차량까지. 모두 한마음으로 이해와 양해가 전제되어야 함을 알게 했다. 하지만 관계자는 그것마저도 감사하게 생각한다 했다. 그것은 우리 모두가 글을 쓰는 사람들이기 때문이란다. 많은 사람들이 모이는 자리다 보니 별별 사람 다 있기 마련인 것을 체험한다. 그런 자질구레한 것도 역사의 한 페이지로 남으려나? 그럼에도 불구하고 내년에도 즐거운 마음으로 수필의 날 행사에 참여하고 싶다.

전수림

『예술세계』 신인상 등단
수상: 한국수필문학상, 인상기행수필문학상, 후정문학상, 리더스에세이 문학상
저서: 수필집 『비 오는 날 세차하는 여자』, 『아직도 거부할 수 없는 남자』, 『엄마를 사고 싶다』, 『떠남』 외 다수
e-mail: soolim724@hanmail.net

군산, 추억과 현실

전영구

싱그런 5월의 바람이 분다. 적당한 햇살이 차창을 비추고 평소 정체가 심하던 도로마저 기분을 아는 듯 시원하게 앞길을 터준다. 약간은 들뜬 마음으로 향하는 기억 속 도시로의 여행은 가벼운 흥분마저 느끼게 한다. 어릴 적 추억 속에 비쳐진 모습만이 오랜 시간 동안 멈춰져 있던 도시, 바로 군산으로 향하기 때문이다.

군산은 어릴 적 내 추억을 한 페이지가 고스란히 머릿속 한구석에 저장되어 있는 곳이다. 여름철이나, 겨울 방학이 오면 사촌 형님이 살고 계신 군산을 향해 4~5시간이 걸리는 장항선 완행열차에 몸을 실었다. 군산에 머무는 동안만큼은 농촌에서는 맛보기 힘든 갖가지 생선 요리의 맛을 볼 수가 있기에 설렘을 가득 안고 가는 곳이기도 했다. 형님께서 어업조합에 근무를 하신 관계로 때가 되면 듣도 보도 못 한 생선들을 풍족히 보내주시고는 했었다. 여름철 입맛을 잃을 때쯤이면 선선한 창고에 재워놓은 염장된 생선을 꺼내와 어머니의 손맛이 깃든 생선요리를 별미로 즐겼던 기억이 생생하다. 농업이 주를 이룬 시골에서는 호사 아닌 호사를 누리고는 했었다.

군산에 가는 또 하나의 즐거움은 한 살 터울 많은 조카님이 있어서이기도 하다. 어려서부터 나이를 초월해 나를 삼촌으로서 흐트러짐 없이 극진하게 대우해 주는 조카님의 배려에 그야말로 군산에서의 생활은 천국과도 같았었다. 방학숙제도 잊고, 지나가는 시간을 원망하며 항구로, 공원으로 농촌에서는 볼 수 없는 눈요깃거리를 맘껏 즐기곤 했었다. 그런 기억의 도시를 향해 몇 십 여년 시간이 흐른 지금 추억을 꺼내 들고 가고 있는 것이다.

잠시 추억에 잠겨 있는 동안 멀리로 군산 진입을 알리는 표지판이 장거리 운전의 피로를 가시게 한다. 예전처럼 내심 비릿한 내음을 기대했지만 깨끗이 정리된 도시는 장항에서 여객선을 타고 건너던 낭만이 그려지는 것보다 아니라 그저 낯선 도시 방문 정도로 생각되었다. 군산은 그간 아픔이 깃든 근대 역사를 잘 보존해온 결과 항구도시보다는 관광 도시로 여겨질 만큼 많은 관광객들의 발길이 이어지고 있다고 한다. 볼거리를 향해 들뜬 발걸음을 옮겼다.

군산의 대표적인 볼거리로 군산 세관이 있다. 일본이 우리 세관을 일본 세관에 흡수 통합하기 위해 지은 건축물이다. 벨기에 산 적벽돌을 수입해와 지은 근대건축의 대표작으로도 꼽히는 군산세관 건물은 원래 항구 가까이 있었으나 여러 번에 걸친 매립작업으로 지금은 항구에서 떨어진 곳에 위치해 그 시대를 보여주는 여러 가지 물품들이 전시되어 있다. 전국의 수많은 찬탈품들을 실어 나르던 아픔 역사를 지니고 있는 곳이기도 하다. 신흥동에 가면 히로스 가옥이 있는데 이곳 또한 볼거리 추천 장소다. 일제 강점기 일본인과의 인구대비가 50:50일 정도로 많은 일본인들이 거주한 곳 중에서도 부유층이 살았다는 신흥동 일본인 가옥 2층 목조건물인 이곳은 영화 촬영지로도 유명하다.

발길을 돌려 조금만 걸어가면 만나는 한국 유일한 일본식 사찰 동국사가 있다. 단청이 없는 게 특징이며 단출한 규모를 보여준다. 이곳에는 몇 해 전 뜻있는 사람들이 모금을 해 세운 소녀상이 있다. 일본식 사찰에 그 시대 아픔을 대변하는 소녀상은 어딘지 모를 긴장감과 짠함을 주기에 충분했다. 이 밖에도 군산에 자리한 근대역사의 산물은 많이 있다. 가 본 곳만 나열을 해도 '슬픈 역사가 참으로 길기도 했구나'라는 쓸쓸함만 느껴질 뿐이다. 오가다 들은 이야기로는 어느 한 일본인이 우리나라 문화재급 유물에 너무 매료되어서 많은 유물을 수집과 강탈을 해 저택에 보관하고 살다가 해방이 되니 그냥 두고 가기에 너무 아까워 귀국을 포기하려 했다가 눈물을 흘리며 귀국선에 몸을 실었다는 웃지 못 할 이야기도 들린다. 어느 도시 못지않게 일제 강점기 시대 많은 아픔을 겪었지만 지금은 그것을 역사의 한 장으로 승화시켜 많은 사람들로 하여금 역사를 뒤돌아볼 수 있게 한 군산의 저력에 다시 뜻 모를 뿌듯함이 밀려 왔다.

군산은 맛집이 많은 것으로도 유명하다. 몇 곳 예를 들면 이성당은 해방 이후 한국에서 가장 오래된 빵집으로 이름이 나 있다. 일제강점기 일본으로부터 빵과 과자가 들여오면서 일본인들이 경영하던 빵집을 해방 이후 자연스럽게 우리나라 사람들이 유지해 오면서 전수된 팥 앙금이 들어간 단팥빵이 나오는 시간이 되면 길게는 몇백 미터 씩 줄을 서서 사 가는 풍경으로 유명한 빵집이다. 블로거들 사이에 유명한 맛집은 또 있다. 전국 5대 짬뽕으로 이름난 복성루, 게장정식이 유명한 한주옥 등등, 맛집을 평가하는 이들의 의견은 각각 다르지만 군산에 온다면 한 번쯤은 들러봄직은 하다라는 생각이 든다. 오랜 시간 전 대통령이 머물렀다는 평범한 숙소에서 편히 누워서 생각을 하니 지금은 고층에 최고급 호텔이어야 각광을 받는 시대라는 것이 나만이 느끼는 감정은 아닐 것이다.

많은 시간이 흘러 들른 군산은 내 뇌리에 저장되어 있는 예스런 느낌은 없었다. 다만 아직도 내 앨범 어디엔가 흑백사진으로 눈에 익은 군산 중심에서 군건히 서 있는 월명공원의 수시탑 만이 나를 반기는 것 같아 조금은 위로가 됐다. 더위를 피해 들어가곤 했던 해망굴은 여전히 제 자리를 지키고 있지만 지금은 재건축 사업으로 그 일대가 다 철거되어 한겨울 엉덩이 썰매를 타던 능선이는 푸르른 고원으로 조성된다고 낯설기만 했다.

아픔의 흔적들이 볼거리가 되고 군산을 알리는 많은 맛집을 탐방하는 블로거들과 관광객들을 보니 예전 나이 많은 조카님 손을 잡고 항구에 정박한 어선에 걸터앉아 대나무 낚시를 이용해 잡은 물고기를 작은 냄비에 넣고 고추장 풀어 팔팔 끓여주던 그 매운탕 맛이 입가를 맴돈다. 군산에서 느끼는 추억과 현실은 안타까움이었다. 하지만 잘 간직된 과거의 흔적들을 보고, 그것을 역사화 시킨 이들의 노고는 값진 것이었다. 안내하는 가이드의 설명 속에 담긴 감성은 여전히 군산이 따스한 도시임을 느낄 수 있었다.

전영구

충남 아산 출생
2003년 3월 『문학시대』 시 부문 신인상 당선 등단
2013년 6월 『월간문학』 수필 부문 신인상 당선 등단. 국제PEN클럽 한국본부 회원, 한국 문인협회 감사, 한국수필가협회 회원, 가톨릭문인회 회원. 문학의집 · 서울 회원, 대표에세이 회원, 경기시인협회 이사, 수원시인협회 부회장, 동남문학회 고문, 문파문인협회 편집국장
수상: 제2회 동남문학상, 제2회 문파문학상
저서 : 시집 『손 닿을 수 있는 곳에 그대를 두고도』, 『그대가 그대라는』, 『낯선 얼굴』, 『애작』, 수필집 『뒤 돌아보면』

군산, 고즈넉이 다시 만나고 싶다

전옥수

우리 민족의 시린 가슴을 고스란히 안고 있는 도시 군산에 다녀왔다. 살면서 가족이 아닌 타인들과 함께 여행할 수 있는 기회가 자주 있는 일이 아니다. 그래서 그런지 나만의 비밀을 갖고 있는 듯해서 많이 설레고 기대감을 주기도 했다. 제16회 수필의 날을 맞이하여 전국에 흩어져 있는 수필가들이 한자리에 모였다. 1박 2일의 짧은 시간 속에 문학으로 서로 소통하며 관계 속에서 수필의 역사를 반추해보는 소중한 시간이었다.

문학인의 산실이라 할 수 있는 도시가 군산이다. 누군가 상처 때문에 시를 쓴다고 했던가. 금강의 남쪽 줄기를 돌아 논산과 강경에 다다르면 강이 끝나는 지점, 그곳이 군산 항구의 시작이라고 한다. 채만식 선생의 소설 「탁류」의 흐름도 거기서부터다. 채만식문학관을 돌아보며 군산의 공간적 배경과 역사를 고스란히 느낄 수 있었다. 고은 시인도 군산이 배출한 대표적인 시인이다. 현재 한국문인협회 이사장인 문효치 시인도 군산 문학의 계보를 이으며 한국을 대표하고 있다. 다양한 장르의 문인들을 배출한 군산은 살아있는 역사를 배경으로 문학의 대를 잇고 있다.

'말하고 싶어서 수필을 써.' 군산 예술의 전당에서 권현옥 수필가의 수필 낭송이 마음을 붙든다. 그녀는 마음을 열어주는 따스한 방이 필요하다고 생각될 때 수필을 쓴다고 한다. 은근히 퍼지는 수필의 맛을 느끼려 속도와 양을 조절하며 심각하지도 가볍지도 않게 멋진 여유로 수필을 쓴다고 했다. 살다 보면 가끔은 내 얘기를 들어줄 대상이 필요할 때가 있다. 어떤 말을 해도 새나갈 거 같지 않은 엄한 대상 말이다. 그럴 때마다 나는 그 대상을 찾지 못하고 싱크대 깊숙이 쌓여있는 그릇들을 꺼내어 거품을 내며 닦는다. 가끔은 흰 빨래들을 큰 들통에 넣어 삶으며 비누냄새를 온 집안에 풍겨가며 답답한 마음을 숨기기도 했다. 군산 여행에서 만난 그녀의 '수필을 써'라는 한 편의 수필은 소심한 내게 한껏 들뜸으로 찾아와 긴 울림을 주었다.

재작년, 남편의 출장길에 동행했었던 군산이다. 어설피 따라나선 길이었기에 맛집 몇 곳만 훑고 다녔다. 그때 길가에 줄지어 선 행렬에 호기심이 생겨 그 대열에 서고 싶다는 충동을 느끼게 한 곳이 이성당이었다. 긴 기다림 끝에 만난 단팥빵과 야채빵은 그 명성에 비해 맛으로 보상받지는 못했지만 즐거운 추억으로 남아 '군산'하면 이성당을 떠올리게 했다. 이번 여행에서도 어김없이 가족에게 줄 선물로 이성당 빵을 구입했다. 가이드를 통해 새롭게 알게 된 이성당의 유래는 일제의 잔재 기술이라 아니라 가장 애국적이며 자주정신이 깃든 의식주의 발원이었다. 이 씨 성을 가진 장인의 손길을 통해 그 맛의 가치가 대를 이으며 군산을 대표하는 먹거리가 되었다고 한다.

문효치 시인의 생가를 방문했다. 흥겹게 반겨주는 풍물놀이가 활짝 핀 목백일홍처럼 환하게 어깨까지 들썩이게 했다. 안정감 있게 보존되고 절도 있게 개축되기도 한 여러 채의 고택이 타임머신을 타고 온 듯 다른 세상이다. 문짝보다 큰 흑백 사진 하나가 마루에 우뚝 앉아 있었다. 집안의 혼례 행사 사진이었는데 온 동네가 하나 된 모습이 웅장하기까지 했다. 미사여구 하나 없이 그 시절을 오롯이 담고 있던 사진 속 인파에서 느껴지는 무채색 움직임은 마치 대형 영화의 엔딩 장면 같았다. 대를 이어온 선조들의 문학적 삶을 전해 들으며 문효치 선생의 가문에 흐르는 정서와 DNA가 문학인들의 부러움을 사기에 충분했다. 그야말로 문학적 금수저라고 표현할 수밖에 없었다. 문효치 선생 생가 방문은 현 한국 문인협회장으로서의 위상을 높였으며 우리에게는 한국 문인으로서의 자부심을 갖게 했다.

지친 여정을 숙소에 잠시 내려두고 몇몇 문학회원들이 한 방에 모였다. 오랜만에 함께하는 여행의 기대감 때문이었을까? 근사한 밤을 도모하리라는 출발 전의 기대와는 사뭇 다르게 모두가 피곤에 절어 있었지만 군산의 밤은 저마다의 빛깔로 채색되고 있었다. 머지않아 문화 예술의 도시 군산과 고즈넉이 다시 만나고 싶다. 빛바래져 가고 있는 역사가 흐릿하게 또는 또렷하게 숨 쉬고 있는 도시 군산. 그 공간 속에서 지금도 화자 되어 지고 있는 잔잔

한 인물들, 그리고 문학 작품 속에 숨겨져 있는 수많은 이야기들이 내가 만난
군산에 여전히 꿈틀거리고 있다.

전옥수
『문파문학』 시 부문 신인상 당선 등단
수상 : 제10회 동남문학상
공저 : 『하늘 닮은 눈빛 속을 걷다』 외 다수

군산의 얼굴

정목일

    항구도시 군산은 서해에 핀 청순한 도라지꽃이었다. 기품과 은은한 맵시를 지닌 도라지꽃은 한국의 얼과 맵시를 담고 있다. 군산은 서해의 항구도시로서 해상교통의 관문이 돼왔다. 군산에 와서 첫눈에 반한 것은 바다와 산과 들판이 이루는 자연경관이다. 그냥 눈앞에 펼쳐놓은 듯 전개되는 모습이 아니라, 서로 어울려 깊은 맛과 멋을 드러내는 자연 조화의 모습이다.

    대개의 도시들이 해양, 평야, 산악 등에서 한 가지 자연적인 배경을 갖추고 있으나, 군산은 바다와 들판, 바다와 산이 서로 호응하여 조화를 이루고 있다. 항구도시로 일찍이 문물의 통로가 되었음을 알 수 있다.

    군산은 일제강점기 시대에 전라도 쌀을 일본으로 실어 나르는 항구이기도 했다. 조선인들은 굶주림 속에 빠져있었으나, 전라도 곡창지역에서 생산한 좋은 품질의 쌀을 군산항을 통해 무수히 일본으로 실어갔던 일을 생각하면서 울분이 치오름을 느낀다.

1930년대의 일본 건물들이 남아있는 거리를 거닐며, 일제강점기 시대의 나라를 잃은 우리 민족의 슬픔과 한恨을 생각해 본다. 구 군산세관 곁을 지난다. 1908년에 준공된 일본식 건물로서 한국은행 본점 건물과 더불어 현존하는 고전주의 건축물 중의 하나이다. 기와를 얹은 지붕과 나무로 지은 2층 일본식 가옥이다. 국내에 현존하는 유일의 일본식 사찰인 '동국사'를 찾아갔다. 동국사는 한국 사찰과는 그 모습이나 분위기가 달랐다. 한국의 사찰은 대개 산중에 있으며 단청으로 장식하였지만, 일본 사찰은 장식이 없어 밋밋하게 느껴졌다.

한국사찰의 종은 종각의 밑 부분에 달려 있지만, 동국사 일본 사찰의 종은 높이 달려 있다. 종소리를 비교해 보진 못했지만, 한국 사찰의 종소리는 침묵을 깨우듯 밑바닥에서 묵중하게 울려 나와 점차 은은하게 울려 산 능선을 타고 가지만, 일본 사찰의 종은 그 울림이 깊지 않고 멀리까지 흘러가지도 않는다. 신라 시대 제조된 에밀레종은 한 번 울리기만 하면, 단번에 종소리를 들은 모든 사람들이 단숨에 깨달음을 얻도록 신라인 모두의 기원을 담아 제조된 종이다. 모든 신라인들이 깨달음을 얻고자 하는 기원에서, 국력을 기울여 만든 종이었기에 세상에서 가장 맑고 신비로운 소리를 낼 수 있었다.

군산 신흥동 일본식 가옥에도 들러 보았다. 이 가옥은 일제 강점기 군산의 영화동에서 포목상을 하던 일본인이 건축한 전형적인 일본식 가옥이다. 대규모 목조주택으로 2층의 본채 옆에 금고건물과 단층의 객실이 붙어 있으며 두 건물 사이에 일본식 정원이 꾸며져 있다. 한국의 전통 가옥은 본채와 사랑채 사이에 마당이란 공간을 두어 시원스럽고 자연스런 느낌으로 다가오는데, 일본 집은 비어 있는 공간이 없어서 좀 답답하다는 느낌이 들었다.

채만식문학관에 갔다. 일제 강점기 세태를 풍자한 「탁류」의 작가와 만날 수 있는 곳이다. 소설 속의 배경과 인물들을 떠올려 본다. 일제 강점기의 답답했던 민족의 삶을 치열한 작가정신으로 그려낸 채만식의 작가 정신과 문학 현장을 느껴보는 순간이다.

군산은 시대마다 새로운 모습을 보여주는 도시이다. 현대 군산의 이미지는 역동적이고 창조적인 도시로서의 모습을 보여주고 있다. 군산 시민들의 끊임없는 도전이 일궈낸 웅대하고 아름다운 새 국토의 확장작업이다. 바다를 메워서 세계 최장의 방조제를 구축했다. 서해 바다를 한눈에 바라보는 긴 방조제를 걸으면 가슴이 확 펴지는 쾌감을 느낀다. 오른쪽에는 서해 바다의 수평선이 눈에 닿아 오고, 왼쪽으로는 바다를 메워 옥토로 만든 넓은 들판이 시원스레 펼쳐져 있다. 기적과도 같은 일을 해낸 우리 민족의 놀라운 성과에 대한 뿌듯한 자부심과 쾌감을 맛볼 수 있었다. 바다를 매립하여 넓은 간척지를 이뤄낸 일은 영토 확장의 새로운 신기원을 보여준 쾌거가 아닐 수 없다. 군산의 경관은 산, 들판, 바다가 어우러진 풍모에다 역사와 문화를 꽃피운 도시의 모습을 지니고 있었다.

일제강점기 시대 채만식 소설가를 비롯하여, 고은, 문효치 시인 등을 배출한 문향文鄕이기도 하다. 군산은 역사적인 항구도시일뿐 아니라, 자연과 시

대에 맞게 새로운 역사를 창조하는 역동적인 도시라는 인상을 주었다

2일 군산에 머무는 동안에 관람선을 타고 선유도 관광에 나선 일도 잊을 수 없는 기억으로 한 폭의 해상산수도를 가슴에 안게 했다. 남해안만이 다도해多島海가 있는 줄 알았는데, 군산 선유도의 다도해 경관을 볼 수 있어서 금상첨화의 기분이었다.

군산 선유도는 한 폭의 해상 산수도山水圖였다. 고독한 섬들이 바다를 배경으로 띄엄띄엄 자리 잡고 있었다. 바다와 하늘을 배경으로 섬들이 서로 손짓하며 이야기를 나누는 듯이 정다운 모습이었다. 섬들마다 치솟은 야트막한 산 능선들이 구비 쳐 서로 닿을 듯 흐르고 있었다. 오랜 그리움의 선율일 듯했다. 신神이 해상에 수놓은 한 폭의 수묵화水墨畵를 바라보았다. 배를 타고 가면서 순식간에 스쳐 가는 아름다운 선경仙境을 안타까워하며 바라보곤 했다.

군산은 역사와 문화가 어우러진 도시였다. 옛날과 현대의 어울림, 바다와 들판의 어울림, 육지와 해상의 어울림이 있는 도시였다. 역사와 신명을 품은 웅지와 저력을 가진 서해의 미항美港이었다. 군산에 갔다 온 후에 내 가슴 속엔 서해에 핀 백도라지꽃 향내가 풍기곤 했다.

정목일

1975년 『월간문학』 수필 등단, 1976년 『현대문학』 수필 천료
한국수필가협회이사장, 한국문인협회 부이사장
연세대학미래교육원 수필 지도교수
롯데백화점 본점 수필 지도교수, 한국문인협회 수필교실 지도교수
수상 : 한국문학상, 조경희문학상, 원종린문학상, 흑구문학상, 남촌수필문학상 등
저서 : 수필 『남강부근의 겨울나무』, 『한국의 영혼』, 『별이 되어 풀꽃이 되어』, 『달빛고요』 등 20여 권
e-mail : namuhae@hanmail.net

수필의 날

정소성

봄 한가운데를 통과하여 군산으로 가는 초행길이 설렌다. 금강과 만경강이 흐르는 넓은 호남평야, 내 머릿속에 자리 잡고 있는 교과서적 군산 모습이다. 한국문인협회 수필분과에서 주관하는 수필의 날 행사에 참가하기 위한 1박 2일 여행길이다. 전국의 수필가들이 강릉, 여수, 경주, 수원, 서울을 거쳐 이곳 군산까지 매년 전국 각 도시를 돌며 수필의 날 행사를 치렀다. '수필인의 역사를 만들어 가는 날이며, 미래 수필문학의 지표를 세우는 만남의 날'이다.

서울에서 먼저 출발한 문우들이 타고 온 버스를 수원에서 동남문학회 문우들이 함께 탔다. 서로 서먹한 버스 안 분위기는 자기소개가 끝나자 힘차게 달리는 버스 속도보다 빠르게 가까워 졌다. 문학이라는 같은 꿈을 꾸는 사람들이라 이야기꽃의 향기가 금방 가득해졌다. 파란 하늘이 바다와 만나자 눈이 부셔 닫아 놓았던 커튼도 열었다. 연둣빛의 순한 아기 나뭇잎들과 맑은 군산의 하늘이 우리를 반갑게 맞아주었다.

일제강점기의 사회 부조리와 수탈을 주제로 한 소설, 희곡 등 많은 작품을 남긴 전북 군산 출신의 작가 채만식문학관에 제일 먼저 들렀다. 건물 주변은 콩나물 고개를 상징하는 둔뱀이 오솔길이 있었다. 앞에는 호남평야에서 걷어 들인 쌀을 실어 나르던 기찻길을 떠오르게 하는 철로가 있었다. 짧게 걸어보았다. 여느 문학관처럼 작가의 인물 사진, 작품 속의 군산 이미지와 육필원고, 도서가 전시되어 있었다. 2층으로 오르는 계단에는 작가의 일대기를 칸마다 순서대로 정리해놓았다. 한 칸씩 밟고 오르며 작가의 발자취를 같이 걸어보았다. 문학관을 다녀오면 작가를 깊이 알게 된다. 작품에 대한 호기심에 읽어볼 책이 많아진다. 기분 좋은 부담감을 안고 오게 된다. 이번 여름은 군산 출신 문인들의 작품을 읽어보아야겠다.

근현대사의 흔적을 고스란히 안고 있는 옛 군산 세관 건물이 남아있었다. 이곳을 '1930년대 시간 여행'이라는 주제로 복원해놓았다. 군산역, 영명학교, 야마구찌 술 도매상, 형제고무신방, 홍풍행 잡화점 등 당시 군산의 모습을 그대로 재현해 놓았고 체험도 할 수 있게 했다. 군산은 근대 문화 도시임에 틀림없었다. 장미동과 뜬 다리를 보며 절로 주먹이 불끈 쥐어졌다. 일제가 우리 쌀을 얼마나 수탈했는지 그 시대의 아픔이 그대로 느껴졌다.

제16회 수필의 날 기념행사를 위해 군산 예술의 전당으로 갔다. 군산 문인들과 전국의 문인들이 작품집도 서로 나누었다. '수필의 날' 선언문 낭독과 시상식, 세미나와 수필 낭송 및 축하 음악회가 진행되었다. 「石花따는 여인」의 신택환 수필가, 「손」의 염정임 수필가가 올해의 수필인으로 선정되었다. '수필다운 수필을 한 편이라도 쓰고 마감하는 것'이 소망이라는 신택환 수필가의 소감은 좋은 글을 쓰기 위해 겸손을 잃지 않고 끊임없이 노력하는 본을 보여주셨다. '마흔 살에 등단해서 김장을 서른 번 하고 나니 칠순에 이르렀다. 30년 전에는 수필가들은 각각 한 그루의 나무들이었는데 지금은 전국적으로 많은 수필가들로 숲을 이루고 있다. 이 숲이 향기롭고 푸르기를 원한다'는 염정임 수필가의 소감은 한 편의 수필이었다.

한국문인협회 이사장인 문효치 시인 생가도 들렀다. 일대의 발 닿는 곳은 모두 문 씨 땅이라는 해설사의 말에 엄청난 규모의 저택을 상상하였으나 소박한 고택이었다. 뒤뜰의 대숲, 그네, 우물 등 100여 년 세월의 흔적만 남아 있었다. 거주민들이 송덕비를 세울 정도로 가난한 사람들을 구제하는 등 이웃사랑 실천 정신이 이어져 왔다. 앞마당에서 농악대와 다 함께 어린 시절을 생각하며 덩실대며 신나게 한판 춤을 추었다. 어린 시절 시인이 기억하던 너른 마당에 있던 나무가 개울가에 삐죽 서 있는 모습이 옛집이 세월과 함께 사라지는 게 아닐까 안쓰러운 생각을 들었다. 지금이라도 오래된 고택을 문화재로 잘 보존하여 후손의 정신적 자산이 될 수 있도록 해주면 좋겠다는 생각을 했다.

군산시의 협조로 비응도항 선착장에서 규모가 제법 큰 유람선을 500여

명의 수필인이 모두 함께 탔다. 정박되어 있는 배는 출렁거려 뱃멀미가 날까 봐 걱정했는데 하얀 파도를 가르며 달리기 시작하자 기분이 좋아졌다. 1층, 2층을 오가며 선유도를 중심으로 고군산군도의 수려한 경관을 감상할 수 있었다. 시간이 여유롭다면 섬에 내려 산책을 즐겼다면 더욱 풍요로운 여행이 될 것 같았다.

짧은 시간이지만 알뜰하게 군산을 느낄 수 있는 소중한 시간이었다. 우리나라에 유일하게 남은 일본식 사찰로 시인 고은이 머리를 깎고 불교에 입문한 곳인 동국사도 색다른 곳이었다. 군산은 다른 도시에 비해 독특한 분위기가 풍겼다. 평야와 강과 바다가 있고 많은 역사 기록이 남은 곳이다. 잔잔하고 아린 마음을 남겨준 한석규와 심은하가 주연한 영화 〈8월의 크리스마스〉의 초원 사진관 촬영지도 군산인데 다음 기회에 꼭 다시 찾아보아야겠다. 도시 전체를 '근현대사 야외 박물관'이라 불러도 손색이 없는 군산을 방문한 많은 문인들에게 좋은 영감을 주었으리라 생각된다. 감동의 글을 읽을 수 있기를 기대해본다. 술잔을 기울이며 문학과 인생 이야기를 하던 숙소에서의 잠 못 이루던 밤도 오래도록 기억에 남을 것이다.

정소영
부산 출생
『문파문학』 시 부문 신인상 당선 등단
동남문학회 회원, 수원문인협회 회원, 문파문인협회 운영이사
저서: 공저 『껍질』 외 다수

문효치 시인 문학관 건립을 기원하며

지연희

전북 군산시 옥산면 남내리 220번지는 사단법인 한국문인협회 현 이사장이신 문효치 선생의 생가이다. 선생은 이곳 남내리 대봉산 남형의 햇살 가득한 산자락 고택에서 태어나 성장했다. 어린 시절부터 친구들과 어울리기보다 홀로 광활한 대자연을 벗하여 소일하기를 좋아하셨다는 선생은 후일 한국문단의 거목으로 자리매김하기에 이르게 된다. 아마도 고향집 고택을 중심으로 훤히 내다보이는 옥산면 남내리의 순연하고 아름다운 지기地氣를 배태한 까닭이지 싶다.

군산시 옥산면 남내리 220번지는 성재性齋 문종구文鍾龜 선생 일가가 대대로 살아온 역사의 현장으로 널리 알려져 있다. 이곳에는 문종구 선생이 살던 고택을 중심으로 선생 조부모의 효열비, 모친 제주 고씨 열녀비를 비롯하여 문종구 선생을 기리는 송덕비가 있다. 문종구 선생은 문효치 시인의 증조부로서 이 고장을 위해 모친 제주 고씨에 이어 가난한 마을 사람들의 어려움을 구제하신 분이다.

옥구면에서 재력과 세력을 넓히던 문종구 선생은 일찍이 옥산초등학교 대지를 기꺼이 희사함으로써 그 공덕이 오늘에까지 이르고 있다. 아울러 그분의 아드님이신 문원태 선생은 옥산저수지 축조 당시 방대한 땅을 제공하였다. 수몰된 그 땅 위에 거대한 저수지가 생겨났고, 그 저수지야말로 옥구군은 물론이고 저 멀리 군산 일대까지 식수와 농업용수를 공급하는 원천이 되었다. 당시 옥구군 주민들은 문원태 선생의 공적을 오래도록 기리기 위해 옥산면 요충지에 송덕비를 세웠다.

100여 년 전 문한규 선생의 처 제주 고씨는 1886년 고종 23년 콜레라로 인해 아침에 시아버지를 여의고, 저녁에 남편을 잃는 큰 슬픔을 겪었음에도 가업을 잘 이끌어 거부가 되었으며 유복자 문종구 선생을 낳아 엄히 가르쳤다. 여자의 홀몸으로 거부가 된 제주 고씨는 1908년, 1911년 큰 흉년 때 재난을 당한 사람이나 가난한 친척과 마을 사람들을 구제하여 1917년경 송덕비가 세워졌으며 자손 또한 가난한 이들을 돌보는 데 앞장서 1930년 옥산마을 거주민들이 송덕비를 세웠다.

일제 강점기에는 8만 필지가 넘는 대부호 지현농장으로 운영되었으며 해방 이후에는 불운한 역사 속에서 어려움을 겪기도 하였으나 2010년 군산시에 향후 20년간 1,700여 평의 대지와 가옥을 사용하는데 승낙하여 마을 가꾸기 사업, 마을기업사업, 농촌체험마을 추진 등 마을 공동체 공간으로 자리매김하고 있다.

현재 고택의 본체에는 문종구 선생의 호 '성재性齋'라 쓰여진 현판이 있다. 조선 후기 명필가의 묘필妙筆이라 한다. 곁에는 증손자 여산如山 문효치 시인의 친필 '수죽헌修竹軒'이 묵언의 자세로 내방객의 가슴을 조용히 가라앉히고 있다. 증조부의 타고난 '태생적 바른 성품'을 이어받은 손자의 화답은 '대나무처럼 곧은 자세로 마음을 가다듬겠다'는 것이다. 나란히 걸려있는 명구의 말씀만으로도 면면히 잇는 가계家系의 기품을 읽을 수 있다.

뒤뜰에 이는 대숲의 바람 소리와 그네 우물 등은 옛 고택이 지녔던 흔적이라고 한다. 무엇보다 100여 년 세월의 무게를 이고 있는 송덕비의 빛바랜 단청 앞에 서면 흘러간 시간의 흐름 속에 담긴 고결한 삶의 정신이 배어나는 듯하여 숙연해진다.

오늘 제16회 수필의 날을 맞이하여 문효치 시인의 생가를 방문하게 된 기쁨이 크다. 이웃을 돌아보기 힘들만큼 각박한 삶을 살아가는 현대인들에게 대를 이어 가난한 이들의 삶을 구제하는 아름다운 정신을 새길 수 있는 일은 가슴 훈훈한 일이다. 인간 본연의 희생적 가치를 몸소 보여준 이 역사적 현장이 한국문단의 수장이신 문효치 시인의 생가라는 까닭이어서 또한 남다르다.

수필의 날 행사를 통하여 문효치 시인의 조부와 부친이 모두 문학인이었다는 사실을 알게 되었다. 조부 문원태 선생은 『문원태 단편 평론집』과 그 시절의 사회비평이나 평판을 시평時評으로 쓴 글, 신시新詩나 수필류 등의 저서를 상제한 문인이었다. 부친은 연희전문학교 국문과를 졸업하고 6·25전 시집을 준비하던 중 전쟁을 맞이하게 되었다고 한다. 모친은 원고를 항아리에 넣어 땅에 묻고 피난을 갔다가 수복 후 돌아와 보니 한 편의 시도 발견하지 못했다고 한다. 단 한 편의 유작도 건지지 못한 유족의 안타까움은 헤아릴 수 없었을 것이라 생각된다.

전쟁의 참화는 어쩜 어느 잊혀진 천재 시인의 작품을 흔적 없이 지워버리는 오점을 역사 속에 남겼는지 모른다. 동시대를 살았던 윤동주의 첫 시집이 세상에 빛을 보게 된 까닭은 연희전문학교에 다니며 하숙집 친구로 함께 지냈던 정병욱鄭炳昱이 윤동주의 사후 자필본을 보관하고 있다가 시집으로 발간하게 된 계기이다. 반면 문효치 시인 부친의 시는 피난 길 땅에 묻었다가 유감스럽게도 흔적조차 찾지 못한 비운을 맞게 되었다.

3대가 모두 문인의 계보를 잇고 있다는 일은 흔한 사례는 아니다. 물론 문효치 시인이 시인이 된 연유는 서울로 유학한 삼촌이 방학 때면 들고 온 시집들 때문이라고 한다. 그중 한하운의 시집 『보리피리』를 읽고부터 시를 쓰게 된 동기부여가 되었다는 것이다. 그런 점에선 집안의 일가들이 신지식인으로 문학적 DNA를 받아 문인이 되지 않을 수 없는 가계의 흐름을 잇고 있지 않았나 싶다. 이곳 군산시 옥산면 남내리 220번지는 대를 잇는 문학의 산실이며, 대를 잇는 이웃 사랑의 근거지로서 지역문학예술의 뚜렷한 표석을 세

지연희

워 기려야 한다는 바람이다. 머지않아 〈문효치 문학관〉이 이곳에 건립되기를
수필의 날을 맞아 찾아온 많은 문인들이 기원하고 있었다.

지연희

충북 청주 출생
『월간문학』, 『시 문학』 신인상 당선 등단
한국문인협회 수필분과회장, 한국여성문학인회 부이사장 역임, 국제pen클럽 한국본부 이사
한국수필가협회 이사장, 문파문인협회 이사장, 계간 『문파문학』 발행인
저서 : 시집 『남자는 오레오라고 쓴 과자 케이스를 들고 있었다』 외 6권, 수필집 『씨앗』, 『식탁 위 사과 한
알의 낯빛이 저리 붉다』 외 12권

움 트는 군산의 얼

최낙경

2016년 4월 29일은 군산에서 '제16회 수필의 날' 행사가 개최되었다. 나는 작년에 등단한 새내기이고 오랫동안 해외에 거주한 탓으로 고국의 수필 환경을 잘 모른다. 또한 수필의 날이 있는지도 모르고 처음으로 이 행사에 부푼 기대를 안고 참여하였다.

한국문인협회에 등록된 수필 인구가 4천 명을 헤아리고 등록되지 않은 수를 더하면 1만이 넘을 거라고 한다. 서울에서 제주에 이르기까지 향토색 짙은 지역 문화를 아우르는 수필문학단체의 활발한 활동, 그리고 이번의 행사에 참석한 전국의 수필가와 관련한 인사들이 그 널따란 군산 예술의 전당을 가득히 메운 모습은 실로 뿌듯한 놀라움이었다.

지연희 한국문인협회 수필분과회장이 '수필가와 수필이 하나로 소통의 끈을 이어가는 아름다운 잔칫날'이기를 서원하는 대회 식사를 했다. 군산시장을 비롯한 관계 기관장의 환영사, 올해의 수필인상 수여, 문효치 한국문인협회 이사장과 여러분들의 축사, 이어서 수필 세미나, 문학과 음악의 융화를 도모하는 작은 음악회, 수필 낭독 순으로 행사는 진행되었다. 기획에서부터 푸짐하고 성대한 행사로 마감하게 되어 흐뭇하였다. 게다가 우리의 소중한 작품들을 하나의 그릇에 담는 〈대한민국 수필문학관〉 설립을 추진한다니 우리의 내일이 더욱 밝아지고 희망찰 것으로 기대가 부푼 가슴이기도 하였다.

금강변에 자리한 채만식문학관은 정박한 배의 모습이다. 2층으로 지어진 아담한 문학관은 선생의 삶의 여정과 작품을 파노라마처럼 명료하게 진열되어 있었다. 겨우 48년이란 짧은 삶의 발자취에다 피눈물 머금고 토해낸 작품들이 영원을 향하여 빛을 발하고 있었다. 지병인 폐결핵으로 세상을 떠날 때까지 300여 편의 작품을 남겼다고 한다. 비록 돈은 없었지만 '불란서 백작'이라고 불리는, 언제나 감색 상의에 흰색 바지를 깨끗이 입고 모자까지 쓴 모습을 사진에서 그 풍을 읽을 수 있었다. 그의 작품은 1930년대 일제 치하의 식민지 현실을 비판하고 저항한다. 금강의 맑은 물이 혼탁해지다가 탁류가 되어 바다로 빠져 나가는 흐름을 비유, 당시의 사회현상과 역사적 상황을 풍자로 빚어낸 장편 소설 「탁류濁流」는 오래도록 우리들을 감동시켜온 작품이다. 빈부격차, 도덕과 윤리의 파괴, 권력층의 농민 수탈, 진보와 보수의 극한 대립 등 당시의 사회현상이 어쩌면 우리의 오늘을 붕어빵처럼 닮았는데도 그는 서슬이 퍼렇던 그 시대를 대상으로 분연히 앞장서서 끊임없는 투지를 보여 줘 오늘의 우리를 일깨웠다.

한국문학의 살아 있는 역사로 불리는 고은 시화 전시관 앞에서는 나도 모르게 진지해지고 겸허하게 작품에 빨려 들어갔다.

내려갈 때 보았네 / 올라갈 때 못 본 / 그 꽃.

— 고은, 「그꽃」

짤막한 2연 3행시, 큰 울림을 가진 시다. 그는 고등학교를 모두 마치지 않고 잦은 가출 끝에 효봉 선사를 만나 10년 동안 입산수도를 했다. 다시 환속한 후 등단(1958)을 하여 시, 소설, 평론 등 150여 권의 저서를 출판했다. '시를 통해 독재에 저항'하면서 노동운동, 민주화 등 사회적 현실에 서슴없이 대응했다. 미국, 독일, 체코, 폴란드, 남아공 등 동서좌우를 가리지 않고 20여 나라에서 70여 회의 문학행사를 가졌다. 25개 국어의 번역서 발간, 등장인물 5,600여 명이 등장하는 20세기 세계 문학 사상 최대인 만인보를 완성, 다수의 국내외 문학상 수상에 이어, 급기야는 8년 동안이나 노벨문학상 후보로 거론되었다니 가히 놀라지 않을 수 없다. 그 시대, 문인에게는 너무도 척박한 환경이었지만 거침없이 세계를 주름잡으며 상상을 초월하는 업적을 남긴 것이다. 그는 83세에 이른 지금도 "시를 시로서 세우는 것"에 진력하고 있다.

이튿날 방문한 남대리에는 문효치 한국문인협회 이사장의 생가가 있다. 옥구 토호였던 증조로부터 3대를 내리 지방을 위해 토지의 쾌척, 이웃 구휼에 이르기까지 많은 덕행을 쌓으니, 이를 칭송하는 송덕비, 효열비 등이 즐비

하다. 이러한 고결한 정신이 이 나라 굴지의 문인단체를 이끄는 문효치 이사장으로까지 배어나지 않았나 생각하게 된다.

군산은 일본식 가옥, 사찰 등 일제 강점기의 역사를 많이 지니고 있는 도시이다. 아픈 과거이지만 그것을 거울삼아 새로운 역사를 만들어 가고 있다. 문인들의 예우 사업인 문학 강연, 문학 축제 등이 꾸준히 열리고 있는 것이다. 경제성장 일변도에서 벗어나 이러한 흐름, 그 자체가 싱그럽고 가상하다. 게다가 친일이니 좌경이니 하는 이념을 초월, 업적을 너그럽게 보듬고 중시하는 의견 수렴이 되고 있다니 참으로 놀랍다. 이는 분명, 군산에서 움트는 민족의 얼이고 숭고한 우리의 미래가 아니런가! 이 흐름이 밑알이 되어 온 나라가 밝고 해맑은 내일이 되기를 간절히 염원한다.

최낙경
2015년 『수필시대』 등단
공학박사/수필가, 전 수산청 어선과장, 중소조선연구원 원장, 대한조선학회 연로회원
캐나다한국문인회, 청하문학회, 선수필, 창작수필 회원
수상: 한국카나다문인회 신인상(2015), 제3회 공무원근정포장

군산의 바람　　최완순

　　수필의 날은 수필가들이 수필의 역사를 만들어가는 만남의 날
이다. 미래지향적 지표를 다짐하는 축제의 만남이다. 전국에서 수필을 사랑
하는 문인들이 뜨거운 열기를 한데 모아 문학의 정점을 향한 꿈이 담긴 행사
다. 군산 예술의 전당 안에는 미래수필을 발전시킬 문학인 400여 명이 수필
에 대한 청운에 꿈을 안고 질서 정연한 가운데 한마음이 되어 앉아 있었다.
처음 만나는 사람들이지만 거리감 두지 않고 따뜻한 미소를 나눌 수 있는 것
은 문학이 가지는 순수성 때문이다. 서로를 이해할 수 있는 수필의 향기를 뿜
어내는 저변이다.

　　2016년 4월 29~30일 열린 행사는 16회째 맞는 수필의 날이다. 수필가들
에게는 가장 큰 축제다. 서울의 새벽은 술렁대며 만남의 장을 열고 있다. 수
필의 날 행사에 참석하기 위해 아침 바람을 가르고 문인들이 모여든 것이다.
근대 문화의 유산을 안고 있는 군산을 향해 각 지역에서 모인 300여 명의 문

인들이 6대의 버스에 나누어 타고 사당동을 출발했다. 1박 2일의 여정 속에 수필을 짓는 용광로의 불길이 군산을 태우고 열정은 영원히 기억 속에서 살아있을 것이다. 버스는 금강 하굿둑에 위치한 철새 조망대에 첫발을 들여놓으며 채만식문학관을 향해 달리고 있었다.

글을 쓴다는 것은 인고의 작업이다. 채만식 선생의 육필 원고를 보면서 떨리는 전율을 감출 수 없었다. 그 많은 작품을 어떻게 손으로 쓰고 또다시 써서 한 권의 책을 엮었을까 감탄을 감출 수 없었다. 몇 권의 책이라면 할 수 있다고 여겼겠지만 340여 편이 되는 작품은 경이로움을 주었다. 채만식 선생의 집필능력은 기계와 같다는 생각이다. 사람의 능력이 마치 요즘 컴퓨터와 비교되도록 출중하다는 생각이 든다. 요즘은 컴퓨터로 모든 원고를 작성한다. 옛날에 비하면 얼마나 쉬워졌는가. 쉽게 쓰는 만큼 다작이 나와야 하건만 모든 사람들이 다작을 하기가 어렵다. 작품 앞에 번뇌하며 최선을 다하는 사람만이 훌륭한 유작을 많이 남길 수 있다는 생각에 그의 작품들을 부러운 눈으로 응시한다. 작품을 생산하는 채만식 선생의 능력 앞에 모래알 하나같은 나를 보며 발길을 돌린다.

오후 4시가 되어 본 행사가 진행되었다. 잘 준비되어진 행사장에는 이름표에 적힌 좌석 번호를 찾아 질서 있게 문인들이 제자리를 찾아 착석했다. 버스에서 나누어준 이름표에는 집행부에서 행사장 지정석을 적어놓아 혼돈 없이 앉을 수 있도록 신경을 써주었기 때문이다. 제1부 '한국수필문학 군산문화예술 중심에서다'가 개화선언과 함께 막이 올랐다. 제26대 지연희 운영위원장의 개회인사가 오늘의 주제를 말해주고 있다. "수필의 날은 수필인의 역사를 만들어가는 날이며 미래 수필문학의 지표를 세우는 만남의 날이다. 지역과 지역이 하나가 되고, 사람과 사람으로 잇는, 수필과 수필이 하나로 소통의 끈을 이어가는 아름다운 잔칫날이다. 수필쓰기는 평생 풀어야 하는 숙제를 곁에 두고 있는 우리는 '수필의 날'은 수필문학 저변을 넓히는 긍정적 기대에 부응하는 것이다." 온유와 지혜가 담긴 목소리는 모두에게 공감을 주며 심도 깊은 의미가 담겨 있어 각자의 마음에 각인되었으리라 믿는다.

수필의 날 선언문 낭독을(윤재천 현대수필학회 회장)하였다. 수필을 사랑하는 33인이 1999년 12월 모여 선언문을 작성한 것이다. 우리나라의 독립선언문도 33인이 모여 만들어졌다. 절대적 현실에서 추구하는 것은 오직 진실과 정의를 외치는 것이다. 문학인은 글을 쓰기 위해 양심의 소리를 내고 독립 운동가는 나라를 위해 충성을 외쳤다. 선언문을 작성하기까지 얼마나 고뇌하고 최선을 다했을까 그들의 고충과 참다운 마음을 알 수 있다. 문학인이라면 한 번쯤 고개 숙여 그들에게 감사와 경의를 표해야 한다. 문학을 사랑하는 그들의 긍지가 있어 오늘날 수필이 발전하고 미래를 지향하는 한 장르를 책임질 문인이 새롭게 탄생된다. 의롭게 다가오는 선언문에 내 마음이 숙연해진다. 수필을 짓는 일에는 위대한 문학인이 있고 나라를 지키는 독립운동가가 있어 새로운 역사를 만든다는 생각에 33인의 존재가 존경스럽다.

최완순
213

수필의 날 꽃이라고 할 수 있는 올해의 수필인상에는 신택환 수필가와 30년이라는 세월을 쉴 사이 없이 글만 써온 염정임 수필가가 수상했다. 염정임 수필가의 대상작품은 「손」이다. 손바닥에서 인간의 만남과 이별과 인간의 고뇌까지 읽어내는 눈길은 자신의 손을 통해 수필의 역사를 짓고 있다. 그 손이 존경스럽다. 문학을 향한 마음으로 살아온 세월 속에 그녀는 최고의 영애를 손에 쥐게 되었다. 그녀의 삶도 모든 이야기를 손으로 쏟아내고 있다. 신택환 수필가는 수상소감에서 "조용히 수필다운 수필 한 편이라도 쓰고 마감하는 것이 소망인데 그 뜻이 잘 이루어질지 의문이다."고 겸손함을 보인다. "아직 이렇다 할 문학적 성과를 못 거두고 방황하고 있다."고 말하고 있다. 훌륭한 사람들이 많은데 천거해 주시니 빚진 마음이라고 말하는 겸손이 오늘의 꽃이 되었다는 생각을 한다.

날이 밝았다. 둘째 날이다. 군산시를 탐방하는 일정이다. 7시경 조식을 마치고 동국사를 보고 한국문인협회 문 효치 이사장 생가를 방문했다. 따사한 햇살 속에 정감 있는 장독대 위로 풍악소리가 봄을 치장하고 있다. 문인들을 맞이하기 위해 준비한 농악대의 북소리와 꽹가리 소리는 증조부께서 남기신 업적에 흥을 더한다. 증조부께서는 남대리 일대 많은 땅을 마을에 내주셨는데 지금의 옥산초등학교와 저수지다. 선대의 위대한 정신이 들어있는 고택의 앞마당은 문효치 이사장의 시 정신을 일깨워준 놀이터다. 어려서부터 시를 좋아한 그의 겸손함과 정제된 시는 가문으로부터 받은 유산이다. 생가를 문인들에게 탐방하도록 열어준 것은 문학인들의 마음에 자랑스러움을 간직하게 하고 가문의 중요성을 깨닫고 돌아서는 계기가 되었다.

수필을 쓰고 쓰여진 수필의 끈을 잡고 문학의 발전을 위해 글쟁이들이 봄바람의 향기를 밟고 군산에 모였다 헤어졌다. 제16회 한국문인협회 수필분과 위원장 연임을 맡은 지연희 위원장의 사려 깊고 최선을 다한 행사에 모두들 들뜬 기분으로 만족하며 자존감을 가지고 각자의 일정으로 돌아갔다. 눈으로 수필을 짓고, 마음으로 수필을 읽으며, 손으로 수필을 감각해 내놓는 미래수필의 진면목을 행사를 통해 깨달으며 문학인들은 자긍심을 가지고 각자의 삶의 터로 돌아갔다. 문학이 있으므로 아름다운 관계를 가질 수 있는 낯선 만남이 낯설지 않고 화기애애한 것은 수필이라는 거목이 쓰러지지 않고 글밭을 지키고 있기 때문이다.

최완순

안양대학교 국어국문학과 졸업
『문파문학』 수필 부문 신인상 당선 등단
한국문인협회 회원, 한국수필가협회 운영이사, 문파문학회 운영이사, 시계문학회 회원
수상: 제3회 시계문학상. 저서: 수필집 『두릅 순 향기, 일곱 살 아이』, 『꽃삽에 담긴 이야기』

군산 그리고 그의 향기   최원현

　　꽃에만 향기가 있는 건 아니다. 나는 오늘 꽃의 향기가 아닌 또 다른 향기와 만난다. 이 향기는 맡는다기보다 본다고 해야 할 것 같다. 제16회 수필의 날 행사가 있어 다시 찾은 군산, 지난해 서초문협회원들을 이끌고 이곳에 들렀을 때와도 사뭇 다른 느낌이다. 한 번 다녀간 곳이라는 친숙함 때문만은 아니다. 잊어진 과거가 아니라 아직도 살아있는 과거, 그 과거의 흔적들이 군산에선 새록새록 살아나는 것을 느끼기 때문이다.

　　채만식문학관은 문인으로 군산을 가장 친숙하게 만드는 첫 번째 요인이다. 금강변에 정박한 배를 형상화했다는 채만식문학관 옆으로는 금강이 흐르고 있다. 잘 단장된 문학관 입구 정원으로 들어서면 아기자기한 구성이 눈을 사로잡는다. 콩나물 고개의 상징인 둔뱀이 오솔길, 호남평야의 쌀을 걷어들여 실어오던 기찻길까지 채만식 선생의 문학과 삶의 여정 속에서 우리 민족이 겪었던 시대적 아픔까지도 되살리게 된다. 일본인의 도시로 불렸던 군산은 인구 절반이 일본인이었다니 충격이 아닐 수 없다.

군산의 작가 채만식은 1902년에 태어났다. 그의 소설 「탁류」는 1930년대 군산을 배경으로 탁류처럼 살아가는 그 당시 서민들의 삶과 혼돈 속의 사회를 그려냈다. 이름처럼 아름다운 금강을 곁에 두고서도 탁류 같은 삶을 살아야 했던 아픔과 슬픔, 지금이라고 크게 달라진 것이 없는 우리 사회의 모습이기에 소설 속 여주인공인 초봉이와 조선은행에서 일하던 그의 남편 고태수, 그리고 초봉이의 아버지 정주사와 한 참봉네의 삶이 결코 남의 삶 같지 않다.

군산은 혼자서 조용히 배낭 하나만 둘러메고 2~3일 정도 걸어서 다녀봐야 할 곳이다. 그 출발점이 채만식문학관이면 더욱 좋겠다. 미두장이 있었다는 곳은 소설 「탁류」의 소설비만 서 있지만 미두장은 1930년대 우리의 안타깝고 아픈 역사의 상징일 것 같다. 하루하루를 살기에도 벅찼을 그들의 삶이기에 노름과 투기로 일확천금을 노리는 사람도 많았을 것이고 그 결과 회복할 수 없는 삶이 되어버리기도 했었다. 미두장에서 전 재산을 탕진한 정주사와 그의 딸 초봉의 삶을 통해 보는 1930년대 아픈 역사는 바로 우리의 아픈 역사일 수밖에 없다. 그런가 하면 지금은 군산근대건축관이 되어 있는 구 조선은행 군산지점 건물과 조선인들의 토지를 강제로 매각하고 그들의 쌀을 반출키 위해 설립했던 지금은 군산 근대미술관이 되어 있는 구 일본 제18은행 군산지점을 보며 짓밟히고 억눌려야 했던 억울하고 비통했을 우리 선조들의 삶도 짐작해 본다.

삶의 근원인 농토를 빼앗긴 조선인들 중에는 막막한 생계를 위해 고향

최원현

산천을 버리고 만주로 떠난 사람도 많았었다니 나라를 빼앗기고 땅도 집도 빼앗긴 설움을 어찌 참아낼 수 있었을까. 그래서일까. 호남지방 최초의 항일 3·5운동이 일어난 곳이 이곳 군산으로 항쟁관엔 항쟁의 역사 군산 35년간의 자존심이 남아 있었다.

나는 동국사로 오가는 길을 좋아한다. 100년의 역사를 가진 일본식 사찰 동국사가 아니라 골목에 남아있는 그 시절의 공간들이 예술인들의 창작문화 공간으로 바뀌어 있는 모습이 좋고, 그 골목에 남아있는 아픔과 슬픔의 역사가 지금은 회복의 역사로 바뀌어 있음을 보기 때문이다.

물론 역사적 의미를 보존키 위해 관리되고 있는 장소와 건물들도 있지만 돌보는 이도 없이 폐허가 되어 무너져가는 가옥도 있다. 여하튼 그 모든 것을 통해 군산은 도시 전체가 근현대사를 담아낸다는 점에서 여느 도시보다 매력적이다. 도시 전체가 하나의 박물관이고 문학관에 들어온 듯한 느낌을 받는다.

이번 군산 나들이에선 한국현대시의 거목 여산 문효치 시인의 생가도 들렀다. 옥산면 남내리 시인의 생가는 100년을 내려온 고택으로 1,700여 평의 너른 터를 가슴에 안고 있었다. 조부모의 효열비, 열녀비, 증조부의 송덕비를 통해서 시인의 부친 3대가 얼마나 이 고장을 위해 훌륭한 일을 하신 분들인가를 알 수 있었다. 옥구 토호인 증조부는 옥산초등학교 대지를 선뜻 희사했고, 문 시인의 조부는 옥산 저수지로 방대한 땅을 제공했다고 한다. 이러한 시인 선조들로부터의 살아있는 행동으로의 가르침이 올곧은 문인으로의 오늘 문 시인이 있게 한 것 같다.

세월의 무게만큼 빛바랜 송덕비각 단청을 보며 이곳이야말로 또 하나 군산의 정신과 숨결과 향기가 살아있는 곳이 아닐까 싶었다. 이곳은 이미 2010년부터 20년간 군산시에 대지와 가옥 모두를 사용하도록 해놓고 있다 한다. 그렇다면 이곳을 여산 문효치문학관으로 건립하여 더욱 많은 사람들이 군산의 향기를 누리게 하면 어떨까.

나라 사랑 고장 사랑이 넘쳐나는 곳이요 그 주인공들이고, 여자 홀몸으로도 1908년과 1911년 큰 흉년 때 가난한 친척과 마을 사람들을 구휼했다는 할머니 제주 고씨의 치가까지 이런 희생적 아름다운 정신의 유산은 이 시대에 좋은 거울이 되고도 남지 않은가. 소리 없이 조용히 조용히 아름다운 삶으로 본을 보이며 대를 잇는 성숙한 믿음으로 사람들에게 품향을 발산하는 남대리가 새로운 향기의 중심이요 본산이 될 수 있다는 확신을 가져본다. '여산 문효치문학관'이 속히 실현되었으면 싶다.

그렇고 보면 이번 군산 방문은 채만식 소설가와 문효치 시인으로 하여 더욱 의미있는 방문이 되었던 것 같다. 아픔을 회복하고 그것을 또 다른 문화유산으로 승화시켜 가는 군산만의 힘이요 향기가 아닐까 싶다.

최원현

『한국수필』에 수필, 『조선문학』에 문학평론 등단, 한국수필창작문예원장, 사)한국수필가협회 사무처장
수상: 한국수필문학상, 동포문학상대상, 현대수필문학상, 구름카페문학상, 현석 김병규문학상, 월간문학상
저서: 수필집 『날마다 좋은 날』, 『오렌지색 모자를 쓴 도시』 등 14권
중학교 교과서 『국어1』, 『도덕2』 및 여러 교재에 수필 작품이 실려 있다.

수필의 날 군산 봄나들이

최장호

불타는 봄의 손짓 외면할 수 없어 4월 끝자락에서 봄나들이에 나섰다. 한국문인협회 수필분과위원회에서 수필의 날 행사를 군산에서 한다기에 겸사겸사 문우 일행 나들이에 편승한 것이다. 16회째나 되는 수필의 날 행사에 처음 참여하는 셈이 된다. 영국시인 엘리오트는 4월은 잔인한 달이라고 읊었지만 4월은 봄의 절정으로 새 생명이 새 모습을 드러내는 경이롭고 아름다운 달이다. 또한 전 세계 기독교 신자들에게는 예수 부활을 축하하는 기적과 신비의 달이요 환희의 달이기도 하다.

군산은 마한 유적지로 일제강점기의 한이 서린 항구도시가 아니던가! 그 너른 호남평야의 미곡은 일제에 수탈되어 군산항을 거쳐 일본과 경성으로 보내지지 않았던가! 그곳 출신 채만식의 소설은 그러한 풍토를 배경으로 잉태되고 그 후 시인 고은을 비롯한 수많은 문인들이 그 고장에서 출생하지 않았던가! 군산에 가까이 다가갈수록 철쭉과 연산홍은 더욱 붉게 피어나고 문향은 그윽하게 피어오르는 듯하였다.

우리 일행은 금강철새조망대를 지나 채만식문학관에 당도하였다. 문학관은 장항 서천으로 가는 길목 금강 하굿둑 시민공원에 자리 잡고 있었다. 가까이에 푸른 하늘빛이 투영된 하늘빛 금강이 흐르고 4월의 생기 넘치는 연둣빛 초목들 사이로 조약돌 길이 휘돌아가며 그 중심에 정자가 있었다. 그리고 2층 문학관 옆 잔디정원의 희고 붉은 철쭉 옆으로 채만식의 유언문 중「나 가거든」문장판이 세워져 있었다.

　　　　나 가거든 손수레에 들꽃 가득가득 날 덮어주오 마포 한필 줄을 메어
　　들꽃 상여 끌어주오

문장을 읽어가자니 숙연하여지며 어머니의 모습이 눈 앞에 보이는 듯하였다. 어머니는 이른 봄에 잎도 없이 피어나는 목련꽃을 좋아하셨다. 집 마당에는 백목련과 자목련 한 그루씩을 나란히 심어 봄의 전령인 양 어느 꽃보다 먼저 피어나는 탐스런 목련꽃을 바라보시곤 하였다. 부활절을 택하여 돌아가신 4월, 우리 5남매는 어머니의 관 위에 집 마당의 목련꽃을 놓아드렸다. 채만식은 들꽃을 덮어 달라 하였지만 우리는 어머니께 목련꽃을 덮어드렸다. 어머니 가시는 길에 덮어드린 목련을 생각하자니 천상병의 시「귀천」이 들리는 듯하였다. '나 하늘로 돌아가리라 새벽빛 와 닿으면 스러지는 이슬

더불어 손에 손을 잡고'

채만식, 천상병 두 문인 모두 이승 하직할 때 미련 한 푼 남기지 않겠노라고 말하고 있지 아니한가. 들꽃이나 이슬을 벗하며 미련 없이 자연으로 돌아가겠다고 무위자연을 말하고 있는 듯하였다. 무위자연 사상인 노장 사상으로 생각이 이어지며 발걸음이 무거워졌다. 한겨울 동안 동사했던 대지가 살아오고 메말랐던 나뭇가지에 물이 오르는 활력을 보면서 죽음과 귀천을 생각하는 것은 무슨 아이러니인가? 군중 속의 고독을 느끼기 싫어 문학관 내부로 들어가는 문우 틈에 끼어들며 문우에게 사진 한 장을 찍어주었다.

수필의 날 행사는 수필가들의 잔치며 축제였다. 축제는 수백 명의 수필가와 지역유지들이 참석한 가운데 군산 예술의 전당 소극장에서 성대하게 거행되었다. 총 3부로 구성된 행사는 제1부 〈한국수필문학 군산문화예술의 중심에 서다〉, 제2부 〈사람과 사람을 잇는 수필〉 그리고 제3부 〈문학과 음악의 선율이 흐르고〉 순이었다. 행사는 엄숙하고 격식만 차리는 의례적인 것이 아니었다. 다양하고 맛깔스럽게 수필가 위주의 축제형식으로 구성되어 좋았다.

수필의 날 선언문낭독과 수필인상 시상도 있었고 수필낭송과 수필문학 세미나도 있었다. 다만, 제1부의 〈한국수필문학 군산문화예술 중심에 서다〉라는 표제를 수도서울이라 명기한 오자가 있어 아쉬운 부분이었다. 특히 수필집 및 명함 나누기 행사도 안내장에는 명시되어 있었지만 당시 건너 뛴 것이 아쉬웠다. 전국에서 모인 수필가들의 친목교류의 장으로 상호 인사도 나누고 자기소개도 하며 자신의 수필집을 나누어 주는 이벤트성 행사로 기획한 듯하였다.

이런 행사가 제대로 이루어졌다면 잘 모르는 동료 수필가도 더 잘 알게 되고 친목도 도모하며 지속적으로 교류할 수 있었을 것이다. 어찌 됐던 수필가모임은 수필가들의 참여행태나 주최 측의 행사 진행으로 보아 꿈이 있는 집단, 희망이 보이는 단체라는 느낌을 받았다. 수필의 날 행사가 아름다운 사람들이 모이는 아름다운 행사로 자리매김하기를 기원하였다. 입하를 며칠 앞두고 다른 일정을 포기하고서 수필의 날 군산 봄나들이에 따라나서기를 잘했다고 나 스스로를 칭찬하며 기회비용은 생각하지 않기로 하였다.

최장호
『한국수필』, 『현대시문학』 신인상 수상등단
한국생활문학회 이사
(사)젊은농촌살리기운동본부 공동대표
저서: 『캠퍼스의 자화상』, 『시민과 환경』, 공저 『바람구두를 신은 랭보의 꿈』 등

군산, 그 기억의 상념

홍애자

군산에서 '제16회 수필의 날 전국대회'가 개최되었다. 문우들과 함께 군산행 전세버스에 올랐다. 군산은 처음 가보는 곳이라 기대되었다. 군산은 일제 강점기 시절에 남도의 쌀을 일본으로 수탈하기 위한 항구도시로 기억되는 곳이다. 버스가 서서히 군산에 도착한다. 깊은숨을 토해내듯 사람들이 하나둘 버스에서 내린다.

채만식문학관. 「탁류」의 이미지를 느낄 수 있다는 기쁨에 한걸음에 들어갔다. 로비에 박제된 듯 서 있는 채만식 선생의 사진 속에서 일제 강점기를 견뎌내는 억센 얼굴을 본다. 흡사 이 시대를 건너는 도시 사람들의 모습과 무엇이 다른지 생각해 본다. 무엇을 말하려 하는지 알 듯 모를 듯한 얼굴로 나를 바라보는 낡은 도시, 군산의 풍경은 잠깐 혼란을 느끼게 한다. 들어가는 전시실에서 소설가 채만식 선생의 삶과 작품들은 그저 흩날리는 눈송이처럼 스쳐 지나간다. 과거를 과거로 소개하는 것은 어쩌면 우리의 감정을 오롯이 채우기 위함이라는 위안을 마음속으로 새기는 시간이다.

자료 보관실, 영상 세미나실에서 보이는 영상은 우리에게 무엇을 말하고 있는지 그 의도를 엿보기 어렵다. 단지 과거의 시간과 현대의 시간이 부딪는 가운데 나의 존재를 확인한다. 그의 레디메이드$^{Ready-Made}$(기성품) 인생은 그때만이 아니라 오늘날에도 실재 존재한다. 그것은 현실에 대한 좌절과 불안을 느끼는 지식인으로서 갖는 허무와 고뇌의 표현일 것이다. 인생의 무가치와 현실에 대한 깊은 비애를 생각하면 할수록 가슴은 아려온다.

처음 찾는 근대역사박물관에는 기억으로 새롭게 새겨야 할 사람들이 있다. 일제의 침략과 수탈에 분연히 맞서 싸우다 순국한 우리들의 아버지, 어머니이다. 시간은 흘러도 역사로 남는 것임을 다시 깨우치는 시간이라는 사실에서 새삼 군산의 아름다움을 음미한다. 슬픔은 눈물로, 분노는 기억으로, 사랑은 가슴으로, 역사는 순국한 분들의 삶으로 남는다. 그 사실로 인해 그 어려운 시기를 살아냈던 이 땅의 민초들의 고통과 슬픔이 내 온몸을 휘감는다.

동국사 마당에 있는 소녀상 앞에 선다. 얼마 전에 본 영화 〈귀향^{鬼鄉}〉이 떠오른다. 전국 방방곡곡에서 소녀들을 모집하고 모자라는 인원을 이곳에서 마구 차출해 군산항에서 데려갔다니. 영화에서 던지는 메시지를 나는 어떻게 이해해야 할까. 일제의 만행에 대해 현재의 상황을 내세워 관용과 용서를 함부로 떠올리는 자들의 입을 막고 싶어진다. 시퍼렇게 죽어가는 영혼들의 모습을 떠올리니 가슴이 먹먹해 온다.

군산에서 만나는 고은 선생님은 하나의 시詩로 다가온다. 시는 나를 나에게 보내는 통로이다. 그의 시 「길」에서 나는 인간과 만난다, 때로는 망둥어의 비릿한 내음을 맛보며 걸어가는 나에게 사람들은 점점이 다가온다.

군산은 내게 단순히 관광과 새만금의 도시가 아니다. 나의 기억을 되살리고, 나를 돌아보게 하며, 나에게 시간과 공간에 대한 회고를 가능하게 하는 도시이다. 짧은 일정은 오히려 많은 것들을 떠올리게 하는 데 집중했고, 마음 속에 쓴 수천 편의 수필은 그렇게 나의 삶을 일구고, 기름지게 한다. 나는 오늘도 생각한다. 그 군산의 과거와 현재와 미래를.

홍애자
현대수필문학회 회원
e-mail: culture0528@hanmail.net

아름다운 순례,
군산

비응항 일몰

제16회 수필세미나

군산문화예술 속 한국수필

유한근

군산문화예술 속 한국수필

유한근 (문학평론가)

1. 군산의 문화와 예술

본 테마를 서술하는데 있어 전제해둘 사항은 첫째, 본고가 제16회 수필의 날 행사에서의 세미나 발제 원고라는 점 때문에 수필문학에 초점이 맞추어질 수밖에 없다는 점이다. 그리고 둘째는 군산예술의 전반적인 개관을 해야함에도 불구하고 문학개관과 수필에 그 탐색 영역을 국한할 수밖에 없었음을 먼저 전제한다. 또 하나 전제해야할 상황은 이곳의 출향인이든 연고가 있는 문학인과 이 군산이라는 공간적 인연이 있는 글과 문인을 대상으로 하여 언급할 수밖에 없다는 점이다.

군산지역은 선사문화 시대부터 소중한 우리 민족 문화유산이 많은 곳이다. 신석기 시대의 패총貝塚이 200여 개(전국 600여 개)가 분포돼 있고, 마한馬韓의 지배자·지배층 무덤으로 알려지는 말 무덤 밀집도가 가장 높은 곳으로 연구되고 있다.

예로부터 군산 지역에는 바다와 갯벌이 삶의 터전인 뱃사람이 많이 살았다. 따라서 한국인의 영원한 종교라 일컫는 민속 신앙인 무교巫教가 어느 지역보다 성한 것으로 알려져 있다. 지금까지 명맥을 이어오고 있는 무가巫歌로는, 무사고와 풍어를 비는 '용왕 풀이'를 비롯해 '장자長者 풀이', '칠성 풀이', '성주 풀이', '조상 풀이', '사자 풀이', '삼신 제왕 풀이', '당산제 풀이' 등이 꼽힌다. 이러한 전통문화 속에서의 군산문학의 태동은 신라 시대의 문인 고운孤雲 최치원崔致遠 문학을 들고 있다. 그리고, 고려 고종 때 문인 김희제를 비롯하여 동궁 시독학사를 지낸 고영중. 또한 이곳 출신은 아니지만 군산에 관한 시문을 남긴 이규보와 김극기 등을 언급하고 있다.[1]

1899년 군산이 개항된 후, 일제강점기의 군산의 근대문학은 시조 시인인 정만계鄭萬系, 차칠선車七善 등이 있다. "정만계는 1910년에서 1940년대까지 군산 지역에서 한시 창작 단체인 군산 시사群山詩社의 중심 회원으로 활약하며 시조 창작 활동을 전개하였다. 차칠선은 일제 치하 후반기에 작품 활동을 하며 잡지『어린이』,『신시조』,『소년 세계』와 신문『만선일보』 등에 50여 편에 이르는 작품을 발표하였고, 1948년『일간 신문』,『군산 민보』를 중심으로 군산 문학인 협회가 발족할 당시 창설에 관여하

며 현대 시조 문학 활성화에 기여"한 것으로 평가된다.[2]

그러나 우리 근대문학의 태동기에 있어서 간과할 수 없는 분은 1937 년에는 군산시 임피면 출신의 채만식蔡萬植이다. "일제 강점기 혼탁한 사회상을 풍자와 해학으로 예리하게 파헤치는 장편 소설"로 평가되고 있는 『탁류』를 발표하면서 명실공이 군산의 로컬문학으로서 한국소설사에 족적을 남긴다.

광복 후 한국 문학사에서 주목해야 할 시인은 고은이다. 작품 발표나 창작 활동에 있어서 군산의 현대 문학을 대표하는 인물이다. 한편 군산 지역의 문학 활동이 본격적으로 펼쳐진 것은 광복 후 1948년에 발족된 '군산문학인협회'와 1953년에 발족된 '토요동인회부터'라 할 수 있다.[3] 이후 군산문학은 여러 문학 동인회의 활동을 거쳐 한국문인협회군산지부(김철규 지부장)로 통합된 것으로 알고 있다.

2. 군산의 소설과 시

군산 출신의 대표적인 근대소설가는 채만식(1902~1950)과 이근영 (1910~?)이다. 채만식은 1924년 단편 「새길로」로 『조선문단』에 문단 데뷔하여 290여 편에 이르는 장편 · 단편소설과 희곡 · 평론 · 수필을 쓴 것으로 연구되고 있다. 특히, 1930년대 발표된 장편으로는「인형의 집을 나와서」(1933)·「탁류濁流」(1937)·「천하태평춘天下太平春」(1938)·「금金의 정열」(1939) 등이 그의 대표작이다. 그리고 단편소설로는「레디메이드 인생」(1934)·「치숙痴叔」(1938)·「패배자의 무덤」(1939)·「맹순사」(1946)·「미스터 방方」(1946) 등이다. 희곡으로는「제향날」(1937)·「당랑螳螂의 전설」(1940) 등이 있다. 그의 작품 세계는 당대의 현실을 반영하고 있다는 점, 농민의 궁핍, 지식인의 고뇌, 도시 하층민의 몰락, 광복 후의 혼란상 등을 실감나게 그리면서 역사적·사회적 상황을 신랄하게 비판하는 수법으로 특히 풍자적으로 그리고 있다는 것4)이 높이 평가된다.

이근영은 1935년『신가정』10월호에 단편「금송아지」를 발표함으로써 등단.「과자상자」(신가정, 1936. 3.)·「농우農牛」(신동아, 1936. 3.) 등을 발표하며 지속적인 작품 활동을 벌였다. "그의 작품들은 주로 농촌을 배경으로 하고 있다. 도시 소시민들의 삶을 그린 작품도 있으나 그가 초점을 맞춘 것은 농촌이었고 그의 대표작들도 농촌을 배경으로 하는 작품들이었다. 그런데 그의 농촌소설 대부분은 농민의 실생활과 농촌 현실을 이해하는 차원에 머물고 있는" 것으로 평가된다.4)

현대 소설가로는 라대곤, 조헌용, 윤규열, 이준호, 출향 소설가인 강현우 등이 있다. 라대곤(1940~2013)은 군산 출생으로 1982년 『월간 자동차』에 단편 소설 「공범자」 발표 후, 1993년 『수필문학』에 추천 완료되면서 본격적인 창작 활동을 시작했다. 그리고 1994년 『문예사조』 소설로 신인상에 당선되어 수필가로서보다는 소설가로 본격적인 활동을 하게 된다. 그러나 그 이듬해 『수필과비평』 회장에 취임, 1995년에 수필집 『한번만이라도』를 펴내고 신곡문학상을 제정하여 수필계와 깊은 인연을 갖게 된다. 그리고 2006년 네 번째 수필집 『황홀한 유혹』으로 제3회 '채만식문학상' 수상한다. (그의 수필에 관한 언급은 잠시 미룬다.)

일제로부터 해방 후 군산문학은 단연 시 분야가 두드러진다. 지역 동인회의 활동과 그들 단체에서 발간한 동인지를 주축으로 하여 전개되어 그 맥을 이어오고 있으며, 군산 출신 문인들이 출향하여 전국 각지에서 두드러진 활동상을 보이고 있는 것으로 나타난다. 이곳 출신으로 전국적인 명성을 얻은 시인으로는 고은, 김신웅[5], 이병훈[6], 심호택, 강형철 등을 들 수 있다. 시인 고은은 1933년 전라북도 군산에서 출생하였고 1951년 동국사로 출가하여 승려 생활을 하면서 불교 신문 초대 주필을 지냈다. 1958년 조지훈의 추천으로 현대시에 「폐결핵」을 발표하며 등단하고, 첫 시집 『피안 감성彼岸感性』(1960)을 내고 이듬해 환속, 본격적인 시작 활동을 하게 된다. 『햇빛 사냥』, 『조국의 별』, 『백두산』, 『나, 고은』, 『만인보』 등 시집 · 소설집 · 평론집 등 총 130여 권을 간행된 것으로 정리되고 있다.

고은 이외에도 대표적인 시인은 현 한국문인협회 이사장인 문효치, 이향아, 신순애 시인, 군산여류문학회[7] 초대회장을 역임한 배환봉 시인, 강소라, 김복근, 김선미, 백승연, 성화용, 이소암, 전재복 등이다.

3. 군산의 수필문학과 로컬수필

군산의 수필은 104여 편을 발표한 채만식과 고은, 그리고 라대곤, 이병훈, 김기경, 김철규, 김재연[8], 노서운, 소영자, 오경옥, 오 현, 전성권, 편성희, 송영만, 양경심, 이윤재, 최옥경 등이 있다. (이 작가들의 수필세계에 대한 본격적인 담론을 이 장에서 할 수 없음을 이해하기 바란다.)

채만식의 수필은 창작과 비평사에서 『채만식 수필선집』으로 묶여 발간되고, 고은은 『성性 고은 엣세이집』, 『인간은 슬프려고 태어났다』 등이 있으며, 라대곤은 『한번만이라도』, 『굴레』, 『취해서 50년』, 『황홀한 유혹』 등이 있다. 김철규는 수필집 『아니다, 모두가 그렇지만은 않다』, 『흐르는 강물을 누가 막겠는가』, 『약속의 땅, 새만금』, 『구름이 짓는 흔적』 등 7권의 저서가 있으며, 노서운은 『상처와 함께 자라는 나무』, 양경심은 『진분홍 실내화』, 편성희는 『꽃지는 오후』, 『나는 늘 가고 있었지』 등이 있다. 그리고 서천에서 출생, 군산에서 성장한 이향아 시인의 다수의 수필에서 군산 사랑을 볼 수 있고, 군산대학교에 재직했던 허소라 시인도 다수의 수필집을 출간하였다.

한편 "군산 지역의 수필을 거론할 때 빼놓지 말아야 할 인물이 시인 최영이다. 순창에서 출생했지만, 1971년부터 근무처가 군산 시청이었던 최영 시인은 이후 군산 지역 문인과 문학에 대한 지속적인 관심과 애정으로 「은파에서 째보 선창까지」, 「군산 문학의 원류를 찾아서」, 「군산 풍물기」 등 군산의 문인, 문학, 풍물과 관련된 글을 집필하고 저서로 출간했다."[9] 이들 작품을 읽고 분석할 시간과 지면 부족으로 몇 편의 수필들만 소개한다. 먼저 채만식의 많은 수필 중 「백마강 달놀이」를 보자. 이 수필은 소설 「탁류濁流」의 공간적 배경과 관련이 있기 때문이다.

이 강경이가 우리의 뱃놀이의 최초 출발지입니다. 최초 출발지이니까 다소 준비도 할 겸 또 지리도 서투르니까 위선 안내를 받자면 어느 신문지국을 찾아가는 것이 좋습니다. 어디를 가든지 지방의 신문지국에서는 그 지방으로 찾아오는 탐승객探勝客을 예상 이상으로 고맙게 대접하여 주니까요.

하여간 아직 남은 해가 멀었으니까 안내하는 사람을 따라 시가를 한 바퀴 휘돌아 앞산(무슨 산이라든지 이름은 잊었지만)에 올라가면 강경 시가의 전폭全幅을 발아래 내려볼 수가 있습니다.

그러나 이 강경이라는 곳은 강경평야라는 넓고 밀숨한 들 가운데서 발전한 곳이기 때문에 다만 상업지대일 뿐이지 그다지 경치나 고적은 찾을 곳이 되지 못합니다.

물론 약간의 고적과 소위 강경팔경이라고 몇 군데 좋다는 곳이 없는 것도 아니지만 뭐 그다지 신통하지가 못하고 또 강을 끼고 있기는 하지만 물이 탁하기 때문에 청신한 맛이 없습니다. 그야말로 강경에 강경이 없습니다.

　　　　　　　　　　　　　　　　　　　－채만식의 「백마강 달놀이」에서

위의 수필은 이른바 기행수필이라 할 수 있다. 이 수필은 "여름의 금강산金剛山 삼방약수三防藥水와 석왕사釋王寺 원산元山 해수욕장과 명사십리의 해당화 또 하다못하면 가직한 인천 월미도月尾島의 조탕潮湯…. 이렇게 쭉 골라 세기만 하여도 무엇이 어찌 좀 선선하여지는 것 같습니다."로 구어체 종결어미로 더운 여름 어느 곳으로 피서를 가야할 것인가를 생각하다가 금강 뱃놀이로 결정하고 뱃놀이의 시발점인 강경에서부터 시작된다. 위의 인용문에서 보듯이 강경에서 부여, 공주로 거슬러 올라가는 뱃길을 택한 것이다. 소설 「탁류濁流」는 공주, 부여, 강경, 그리고 군산으로 내려오는 금강을 묘사하면서 시작된다.

전라도의 뒷덜미를 급하게 달리다가 우뚝… 또 한번 우뚝… 높이 솟구친 갈재와 지리산, 두 산의 산협 물을 받아 가지고 장수로, 진안으로, 무주로 이렇게 역류하는 게 금강의 남쪽 줄기다. 그놈이 영동 근처에서 다시 추풍령과 속리산의 물까지 받으면서 서북으로 좌향을 돌려 충청 좌우도의 접경을 흘러간다. […] 부여를 한 바퀴 휘 돌려다가는 남으로 꺾여 단숨에 놀뫼(논산) 강경에까지 들이닫는다. 여기까지가 백마강이라고, 이를테면 금강의 색동이다. 여자로 치면 흐린 세태에 찌들지 않은 처녀적이라고 하겠다. 백마강은 공주 곰나루(웅진)에서부터 시작하여 백제 흥망의 꿈 자취를 더듬어 흐른다. 풍월도 좋거니와 물도 맑다. 그러나 그것도 부여 전후가 한창이지, 강경에 다다르면 장꾼들의 흥정하는 소리와 생선 비린내에 고요하던 수면의 꿈은 깨어진다. 물은 탁하다. 예서부터 옳게 금강이다. […] 이렇게 에두르고 휘돌아 멀리 흘러온 물이 마침내 황해 바다에다가 깨어진 꿈이고 무엇이고 탁류째 얼러 좌르르 쏟아져 버리면서 강은 다하고, 강이 다하는 남쪽 언덕으로 대처(시가지) 하나가 올라앉았다. 이것이 군산이라는 항구요, 이야기는 예서부터 실마리가 풀린다.

라고 표현되는 서두가 그것이다. 그리고

하물며 인내人臭와 음내淫臭가 물씬거리는 통속 피서지에 가서 뇌꼴스러운 꼴을 보는 것 같겠습니까. 있는 대로 마시고 마음대로 놀고 노래 부르고 소리치고 나서 저으기 밤이 깊거든 주막집에 가서 섬거적을 빌어다 천막 안에 펴고 가지고 갔던 담요를 덮고 하룻밤을 샙니다.

로 끝을 맺는다. 이렇듯 이 수필 「백마강 달놀이」는 우리 기행수필의 전범이 되는 수필로 서사에 따라 구도되는 수필이기도 하다.

한국문학에서 여행을 모티프로 한 근대수필은 이광수의 「금강산 기행」, 최남선의 「심춘순례」, 「백두산근참기」, 한용운의 「명사십리」, 이태준의 「소련기행」과 현진건의 「불국사 기행」 등 명승지를 소재한 수필이 있고, 낙화암을 모티프로 쓴 수필로는 이병기의 「낙하암 가는 길에」, 이은

상의 「5월의 낙하암」 등이 있다. 이들과 다른 점은 널리 알려진 명승지를 여행하면서 그곳에 명승지로서의 가치에 대한 소개와 노정路程 정취와 작가의 심정을 그리고 있다는 점보다는 향토적인 정취와 로컬적 가치에 초점을 맞추었다는 점이다. 군산 임피가 고향인 채만식이 경우에 금강은 원체험 공간이며 그곳의 미학적 가치를 태생적으로 지니고 있을 것이며 추구하려 했기 때문에 소설 「탁류濁流」와 위의 수필 「백마강 달놀이」를 썼을 것으로 보인다.

군산 수필은 『군산 문학』, 『석조』, 『나루』 등의 지역 동인지를 통해, 수필전문지나 종합문예지를 통해 발표되고 있지만, 서두에서 개진한 것처럼 지면과 시간상 그것들을 디테일하게 탐색하지는 못했다. 이 점에 대해 다시 이해를 구하고 몇 편의 수필을 보기로 한다.

라대곤은 여러 권의 소설집을 발간했기만 수필가로 시작한 문인이고 수필과 지방문학 발전에 대한 공헌을 간과할 수 없는 작가로 알려져 있다. 이에 따라 먼저 군산문학의 대부(?)로 불리워지는 라대곤의 수필 중 한 편을 보기로 한다. 수필 「지가 기면서」는 그의 수필 경향을 잘 드러내는 작품이다.

"지가 기면서…."

"와하하ー."

소대원은 누구라도 할 것 없이 웃어댔지만 고문관의 그 한 마디 때문에 우리가 치른 대가는 너무 컸다. 그날 밤 우리는 완전 군장으로 연병장을 스무 바퀴나 돌았다.

아무도 우리의 고문관을 욕하고 비웃지는 않았지만, 씁쓸한 마음은 어쩔 수가 없었다. 훈련소에서 우리 소대 고관문처럼 나도 주변에 웃음거리나 되지 않을지 다시 한 번 이곳저곳 고문 자리를 더 점검해 보아야 할 때인 것 같다.

-라대곤의 「지가 기면서」에서

라대곤의 위의 수필 「지가 기면서」는 뜬금없는 위의 짧은 인용만 봐도 군대 고문관 이야기를 에피소드로 하고 있음을 알 수 있다. 한국전통문학의 모티프인 해학수필이다. 해학을 통해 사회를 통렬하게 비판하는 수필이다. 라대곤 수필의 특징은 작가적인 상상력과 의식으로 기본적인 스토리를 있는 구성미학을 구조하고 있다는 점과 그것을 통해 은근히 사회를 꼬집고 비판하고 있다는 점이다.

이와는 달리 김철규는 사회적인 관심과 비판을 칼럼식으로 쓰고 있다. 가벼운 수필이 아닌 무거운 수필을 쓰는 에세이스트다.

한번 맺은 남녀의 인연은 평생 함께하기를 원한다. 우리 조상들은 그를 추구했다. 그러나 현대사회는 개성사회로 변화되면서 손쉽게 인연을 끊는 경우가 많아지고 있다. 유교사상을 바탕으로 동방예의지국임을 내세운 우리 민족은 헤어짐을 금기시해왔으나 민주화와 서구문명과 문화의 영향에서 비롯된 것으로 보여진다.

'연리지'는 서로 다른 날 태어났으나 죽기는 한날에 함께 죽는다. 연리지에 얽힌 사연의 이야기다.

군산산악회(회장 이학구)에서 충북 괴산군 사랑산(해발 610m)에 연리목連理木인 느티나무와 소나무를 보기 위해 간다고 하여 나도 동행하기로 했다. 이러한 연리지가 있어 '사랑산'이란 이름이 붙여지기까지 한 이 산을 그냥 스치기에는 아쉬울 것 같아 따라나선 것이다.

　　　　　　　　　　　　　－김철규의 「연리지連理枝같은 사랑이」에서

위의 김철규 수필을 보면 제목이 의미하는바 사랑을 모티프로 한 수필이 아닌가라는 짐작을 하게 된다. 그러나 위의 수필은 채만식의 「백마 강 달놀이」와 같은 기행수필이라 할 수 있다. 채만식의 수필이 금강의 지류를 찾아가는 서정 수필이라고 한다면, 김철규의 이 수필은 군산산악회 회원과 괴산의 사랑산을 산행하면서 만나게 된 연리목의 신비로움과 이를 통해 인연이 얼마나 소중한가를 환기하는 에세이다.

김철규의 에세이와 달리 편성희의 수필은 감성적이다.

나는 달팽이의 옆으로 갔다. 이 벽을 더 이상 헤맬 수는 없는 것이다. 이 넓은 가상의 세계를 제 길인 양 가고 있는 그 수고로움을 덜어주고 싶다. 밖은 안개비로 축축한 채 충분히 아늑하다. 창문을 열고 어둠 속 반짝이는 나뭇잎을 향해 달팽이를 내려놓아 주었다. 잠시 또르르 말리다가 어딘가로 사라지는 달팽이, 느린 듯 빠르게 그의 세계를 향해 사라졌다.

밤은 점점 깊어지고 어둠 속 달팽이의 느린 걸음도 멀어졌다. 가는 길은 멀어 반짝이는 촉수의 안내가 필요하다. 그가 가는 길은 내가 염원하는 길이다.

-편성희의 「나는 늘 가고 있었지」 결말 부분

편성희의 수필 「나는 늘 가고 있었지」는 달팽이를 모티프로 한 수필이다. 이 인용문을 보면 편성희 작가의 수필은 감성적이며 디테일한 표현, 자아를 사물인식을 통해 표현하고 있음을 알게 된다. 작가는 달팽이를 만나자 "사방은 너무 넓고 고요한 모습으로 달팽이의 우주가 되어있었다"고 인식한다. 그로 인해 작가는 그 우주를 침묵과도 같은 적요함과 고독함, 고달픔과 신비로움을 느끼게 된다. 그리고 급기야는 달팽이가 가는 길을 작가는 염원하게 된다. 한국수필의 한 지평을 밝혀 주는 수필이다.

이와 다른 경향의 여성작가는 수필집 『진분홍 실내화』를 펴낸 양경심 작가이다. 양경심 수필가는 교사로서 학생들과의 삶을 통해 자아 성찰하는 작품을 쓰고 있다. 교사이며 한 아이의 어머니로서, 그리고 한 남자의 아내인 자연인으로서 삶을 살면서 그것으로부터 일탈하여, 작가로서의 삶을 살기 위한 자유로운 영혼을 꿈꾸는 모습이 수필 속에서 드러나는 작가이다. 여성 작가로서 이러한 의식은 다른 여성작가들에게서도 탐색될 수 있을 것이다.

또 다른 경향의 수필을 보여주는 작가는 노서운이다. 「옆집문구점」, 「이번에도」, 「엄마라는 이름」 등에서 보여주고 있는 꿈을 먹고 사는 어린이를 모티프로 하는 수필이 그것이다. 이를 모티프로 하는 수필은 자칫하면 교훈적이라는 목적문학적 성향으로 기울여질 수도 있다. 그러나 작가는 이를 극복하고 수필미학으로 승화시켰다는 점에서 주목된다.

　조야하게나마 군산수필에 대한 일별을 통해 내가 내린 총체적인 느낌은 채만식 문학에서 지니고 있는 군산이라고 하는 향토문학적 특성을 찾아볼 수 없다는 점이다. 이 점이 아쉬웠다. 과문寡聞한 탓인지는 모르겠다.

　로컬문학이 곧 우리 문학이며 나아가서는 세계문학이 될 수 있다는 원론을 상기하면서 근대문화 도시적 특색이 강한 고유의 군산의 냄새와 색깔이 없다는 점, 그것을 어떻게 문학적으로 구현시켜내야 하는가 하는 것이 오늘의 화두로 보인다. 수필이 타 문학 장르보다 로컬적 성향을 직접적으로 드러낼 수 있는 가장 좋은 장르적 특성을 지니고 있다는 점 때문이기도 하다.

---

1) "군산의 고전 문학은 신라 말기의 문신 고운孤雲 최치원崔致遠에서 그 뿌리를 찾을 수 있다. 고려 시대에 편찬된 『삼국사기』와 『삼국유사』 등에는 최치원의 출생지를 경주로 기록하고 있지만 조선 정조 때 최치원의 전기를 쓴 서유구徐有榘는 『교인 계원 필경 집서校印桂苑筆耕集序』이라는 책에서 최치원의 고향을 고군산[현재 선유도]라고 기록하였고, 작자 미상의 「최고운전」이라는 소설에서는 최치원의 고향을 문창군[군산의 옛 이름]이라고 기술하고 있다. 그 외에 군산에는 예부터 최치

원과 관련된 선유도 전설과 내초도 전설이 내려오고 있으며 옥구군의 군지와 유적지 자천대의 내력에도 그에 대한 기록들이 상당수 전해져 오고 있다. 이러한 사실들을 보면 군산 고전 문학의 기원은 기록상으로 최치원에 뿌리를 두었다고 해도 과언은 아닐 것이다.

또한 군산 출신으로 고려 시대에 활동한 문인으로는 고영중과 김희제가 있다. 고영중은 고려 의종 때 과거에 급제하여 동궁 시독 학사 등 여러 벼슬을 역임한 인물로, 『동문선』에 그가 지은 「국자 지공 지기」가 수록되어 있다. 김희제는 고려 고종 때 무인으로 활약한 인물로, 금나라 원수와 싸우고 돌아오던 길에 지은 「과청로진」이라는 시가 『고려사』와 『동문선』에 실려 있다. 그 외에 군산 출신은 아니지만 군산에 대해 읊은 인물로는 이규보李奎報가 있다. 이규보는 처음 관계에 진출한 1199년에 전주로 부임한 후, 1년 남짓한 기간 동안 만경, 임피, 옥구 등을 들렀고 그와 관련한 시문을 남겼다. 『동국이상국집』에 전하는 시 중에서 군산과 관련이 깊은 작품으로는 「재입 임피군再入臨陂郡」, 「차운고선생생항중헌염찰윤사업위병서次韻高先生抗中獻廉察尹司業威幷序」, 「주필하고선생택겸서염찰명구지의走筆賀高先生宅兼鈙廉察命構之意」 등이 있다.

그리고 고려 명종 때의 문인 김극기金克己를 비롯하여 고려 말과 조선 초의 문인 정구와 허주 역시 군산에 관한 시를 썼다. 『신증 동국 여지 승람』 임피현조에는 군산의 풍경을 노래한 김극기의 시가 수록되어 있으며, 정구의 「수고와 변성戍鼓臥邊城」과 허주의 「장강 경면평長江鏡面平」이라는 시는 『신증 동국 여지 승람』 옥구현조에 등재되어 있다. 이밖에 내력을 잘 알 수 없는 시인 박경의 시가 『신증 동국 여지 승람』 옥구 현조에 실려 있다. 조선 시대 군산 지역의 문인의 작품이나 군산 지역을 노래한 시는 찾기 힘들다. 다만 조선 후기의 학자 간재艮齋 전우田愚가 귀양살이하며 제자를 많이 배출한 곳이 군산 지역이었다는 점에서 고전 산문 작품들이 남아 있을 가능성이 제기되나 학계에는 아직까지 보고되지 않고 있다." (출처 : 한국향토문화전자대전, 한국학중앙연구원)

2) 「군산의 문화예술」 (출처 : 한국향토문화전자대전, 한국학중앙연구원)

3) 광복 후 군산 지역의 문학 활동은 1948년 군산 문학인 협회가 창설되면서부터 본격적으로 시작되었다. 그렇지만 1950년에 일어난 6·25 전쟁으로 잠시 중단되었다가 1953년 6월 토요 동인회가 새롭게 조직되면서 점차 문화 활동이 활발해졌고 문학 활동도 왕성해졌다. 토요 동인회의 창립회원으로는 송기원, 정윤봉, 육구영, 고헌, 김영래, 강중희, 김순근, 차칠선 등이었고, 그 뒤에 고은, 이병훈, 원형갑, 정연길 등이 가담했다. 1959년 초에는 토요 동인회를 정신적 배경으로 하여 토문

동인회가 발족되었고, 1960년대에는 젊은 문인들이 주도한 시명과 동인회와 70년대 시화회를 중심으로 활발한 문학 활동이 전개되었다. 이후 70년대 시화회를 모체로 한 한국 문인 협회 군산 지부가 1969년 12월 25일 창설되어 문학 활동에 있어서 새로운 전기를 맞이하였다. 그 뒤로 석조 문학, 동인회, 청사 초롱, 문학 동인회, 군산 여류 문학회, 군산 아동 문학회 등 부문별로 다양한 문학 동인회가 조직되어 오늘에 이르고 있다

4) [네이버 지식백과] 이근영李根榮 (한국민족문화대백과, 한국학중앙연구원)

5) 시인 김신웅은 1934년생으로 군산 고등학교와 동국 대학교 국어 국문학과를 졸업했다. 1950년대 군산에서 토요 동인과 토문 동인으로 활동했으며 문예 운동에 '시와 시론'이 추천되어 문단에 등단했다. 그동안 「대합실」, 「사랑을 위한 평균율」 등의 시집을 발간하였다. (한국민족문화대백과, 한국학중앙연구원)

6) 시인 이병훈은 1925년생으로 1959년 신석정의 추천으로 『자유 문학』에 등단한 이래 1970년의 『단층』을 비롯하여 총 18권에 달하는 시집을 발간하였다. (한국민족문화대백과, 한국학중앙연구원)

7) 군산 여류 문학회가 발간하는 문예 동인지는 『나루』로 군산에서 활동하는 여성 문학인들의 단체이다. 이경아(현 회장), 배환봉(초대 회장), 강소라, 김복근, 김선미, 백승연, 성화용, 신순애(고문), 이소암, 이향아(고문), 전재복 등의 시인과 김재연, 양경심, 오경옥, 최옥경, 편성희 수필가, 그리고 양해연 소설가 등 20여 명이 활동하고 있다. 또 2012년 작고한 문찬미 소설가를 추모하는 문학 모임이 이어지고 있다.(한국향토문화전자대전, 한국학중앙연구원)

8) 청사초롱문학동인회 회장, 청사초롱문학동인회는 한국문인협회 군산지부 주최 주부 백일장 수상자로 구성된 순수 문학 단체이다. 문학을 아끼고 사랑하는 주부 모임으로 출발하여 현재는 군산 지역 3대 여류 모임의 하나로 발전하였다. 회원으로는 2013년 현재는 김재연(회장), 박정숙(총무), 김순옥, 박송월, 박정애, 배환봉, 오경옥, 이경아, 이소암, 이영순, 이효순, 조경숙, 최옥경, 최은수 등 20여 명이 회원이 활동(한국향토문화전자대전, 한국학중앙연구원)

9) 출처 : 한국향토문화전자대전, 한국학중앙연구원 참고, 이외의 참고문헌은『군산 문학』13(한국 문인 협회 군산 지부, 1997),『군산 시시』(군산 시시 편찬 위원회, 2000),『군산 예총 35년사』(한국 예술 문화 단체 총연합회 군산 지부, 2005) 이병훈 외,『문학-군산 문화 예술지 (1)』(군산 문화원, 1991) 최영,『군산 문학의 원류를 찾아서』(솔 디자인, 2009)

유한근

동아일보 신춘문예 평론 당선(1984)
디지털서울문화예술대 교수,『인간과문학』주간
저서: 평론집『문학의 모방과 모반』,『현대불교문학의 이해』,『글의 힘』,『생각과 느낌』,『왜 소설인 가』,『한국수필비평』,『원 소스 멀티-유스, 문학이야기』등 다수, 논문 다수.
수상: 만해불교문학상, 한국문학평론가협회상, 신곡문학상 대상, 여산문학상 대상, 동국문학상 등

아름다운 순례,

고군산군도

Photo by GettyimagesBank

선유대교

제16회 수필의 날 기념

아름다운 순례, 군산

유혜자, 정목일, 지연희 외 지음